異世界で観光大使はじめました。

～転生先は主人公の叔母です～

1

Characters
登場人物

レオナール・エルレンテ
ロゼの兄で、リーシャの父。
エルレンテ王国第一王子。
穏やかで高貴、繊細な性格。
ヨハネ・ブランシエッタ
辺境伯の嫡男で、ロゼの婚約
者候補。小悪魔系男子。
レイナス・エルレンテ
ロゼの兄。エルレンテ王国第二
王子。遊び人っぽく見えるが
根は真面目。
オディール
元王宮メイドの一人で、ロゼ
の観光計画の協力者。
「ローゼス・ブルー」とは――
ロゼが前世にプレイした乙女ゲームのタイトル。コンセプトは「すべてを失った貴女が掴み取る愛」――。
ヒロインは亡国の王女アイリーシャで、「なりたくない主人公ナンバー1!」と評判を呼んだ甘く切ないゲーム。
ロゼはその王国が滅ぶ17年前の世界に転生したようなのだが……。

CONTENTS

プロローグ

ようこそエルレンテ王国へ！

ご存じのとおりエルレンテは気候の安定した穏やかな国。一年の大半が春という過ごしやすさは日常の喧騒、旅の疲れを癒すには最適です。王都ベルローズに立ち寄れば、多様な花がお客様を歓迎いたしますわ。

なかでも特におすすめなのはフリージアの花畑ね。街に暮らす人々を筆頭に、エルレンテを訪れたお客様が植えて下さったのよ。また一緒に見られますように、明るい未来が続くようにと願いを込めて。

フリージアがどんな形をしているのか、どのような景色が広がっているのかは、ぜひお客様自身の目で確認していただければ幸いです。

そしてよろしければ球根を一つ植えて、お客様の手で未来を繋いでくださいませんか？

見どころといえば！　春から秋へ、季節の変わり目に開催されるお祭りをご存じ？　街をあげての大規模なもので、様々な企画が催されているのよ。

まずはお菓子の品評会ね。ベルローズ中から趣向を凝らしたお菓子が集まるわ。もちろん味見も出来ます。優秀な作品には賞が贈られる予定で、お客様にも栄えある賞を決めるお手伝いをしていただきたいの。受賞したお菓子は市場でも大々的に売り出されるわ。

ベルローズの市場では他にも豊富なお土産を取り揃えています。他国では滅多に味わうことの出来ないエルレンテ産の食材も堪能出来るわ。ベンチやテラス席もたくさん用意していますから、美味しいものは作りたてを召し上がれます。

女性たちは美しさを競うのよ。まずは特技や芸を披露するのが習わしで……年々隠し芸大会に近付いている気もするわね。

男性たちは強さを競いあうのです！　まずは予選から。白熱する闘いを制した者だけが、真の強者に挑戦する権利を得るのです。つまり前年の優勝者ね。現在は——とある女性が記録を保持しています。

このお祭りの期間は一風変わったカボチャの装飾が街を占拠して……コホン。このお話は、わたくしの口からはここまでにしておきますわね。

人混みに疲れたのなら、セレネの丘はいかが？

街を一望出来る丘は休憩にも最適ですし、どこまでも続く青い天井に緑の絨毯(じゅうたん)は最高の贅沢ですもの。近くには美味しいサンドイッチを提供するお店もございます。さらに恋人同士でいらっしゃるとご利益があるとかで——

……あら？　反応が薄い……。もしかしてエルレンテ王国、ご存じありません⁉

わたくしもまだまだということね。エルレンテのさらなる発展のため、より宣伝活動に励ませていただきます！


ところでわたくしが誰なのかですって？

王都ベルローズの観光大使を務めさせていただく者ですわっ！


エルレンテという国の歴史を紐解けば平和で平穏で平凡な――普通の国という記述ばかりが並ぶ。

海に面しているが気候は年中穏やかで、他国からの侵略を受けたことはない。

街は活気に溢れているが、これといった名産があるわけでもなく、他国に誇れる産業があるわけでもない。

歴史は長いが国内での革命もなく平和が続き、取り立てて記録するほどの事件もない。

大陸の中でもまさに普通を冠する国だ。そんなエルレンテ史に颯爽と名を残しているのがローゼリア・エルレンテという王女である。開国から数百年、エルレンテ王家に生まれた初めての姫だ。

もちろん彼女の名が挙げられるのは希少な王女という話ではない。エルレンテには一風変わった地位、あるいは称号が存在していた。

その名を『観光大使』という。当時は馴染みのなかったこの名称はエルレンテが発祥とされている。

観光とは一般的に楽しむことを目的とする旅行であり、大使とは使節団の長とされる最上位の階級。ではこれらを組み合わせた『観光大使』なる者がいかに華々しい役職かといえば、なんてことはない。観光地――すなわち自国の振興のために奔走する裏方として、あるいは象徴として多忙を極める者である。しかも無償の場合が多い。

そんな観光大使発祥の地であるエルレンテの初代観光大使として君臨し、もはや伝説として語られているのが件（くだん）のローゼリア姫である。まごうことなき自国の王女だ。

彼女こそが観光大使という言語を生み出し、エルレンテを変えた人物であることは明白。その手腕はどのようにして培われたのか、現在（いま）も他国の使者が勉強に訪れる。

祖国を愛し、祖国のために尽力する姿は多くの民に支持された。民からも愛され、エルレンテの繁栄に尽力したローゼリア姫はさながらエルレンテの女神と称えられることもある。本来消えゆく運命にあった国を救ったのであればそれも当然といえよう。

けれど王国滅亡は消えた未来。訪れることのない未来を知る術（すべ）はなく、真の功績たる英雄譚が語り継がれることはない。

しかし彼女はそれでいいと得意げに微笑む。本当に守りたかったものを守ることが出来た、それだけで満足だと。

歴史書には、すべてはエルレンテを愛するが故の行動だと美談にまとめられている。けれど本当は彼女が何のために戦っていたのかを知る者は――意外と少ない。これはその記録。

第一章　主人公と叔母の出会い

エルレンテ王国第一王女ローゼリア・エルレンテことロゼは六歳の若さで『叔母さん』と呼ばれることになった。歳の離れた兄の妻であるミラが懐妊し、一月ほど前に元気な女の子が生まれたというわけだ。開国から数百年の歴史を持つ王家に生まれた二人目の姫である。もちろん一人目はロゼのことを指す。

出産の報告を受けてから会える日を心待ちにしていた。今日のために選んだピンクのドレスは大きなリボンが可愛らしく、かつてミラも褒めてくれたものだ。

長い歴史の中でも二人きりの王女という事実は、まるで片割れ、特別な存在だと言われているようで、未だ名前しか知り得ない姪への想いを募らせる。加えてロゼは末っ子であり、自分よりも幼い存在に早くも姉のような気持ちが芽生えていた。

喜々とした足取りで部屋を訪ねたロゼは眩しさに圧倒される。

ミラの部屋は大きな窓がいくつもあるため開放的な造りとなっている。印象的な赤いカーテンは全て開け放たれ、外には白い手すりのバルコニーが覗いていた。

もちろん義姉を訪ねるのは初めてのことではない。妊娠が発覚してから動くのが辛いであろうミラの元へ何度も通った。

カーテンと同じ色をした天蓋付きのベッドは窓の傍。白で統一された寝具の寝心地は抜群。暖炉の前にお行儀よく並ぶ猫足のソファーは弾む柔らかさ。手を伸ばすと丸いテーブルがあり、お菓子と紅茶が並べば時間を忘れて話し込んでしまう。

そんなことまで知っている仲だ。訪問は実に慣れたものであり、ロゼが感じた眩しさは太陽によるものではない。

（お義姉様、とても幸せそうだわ！）

チョコレートのように濃い瞳は蕩けるほどの笑みを浮かべている。兄のことを心から愛し、二人の間に生まれた命を慈しんでいると一目でわかった。

幸せいっぱいの笑顔を引き立てるように見事な金髪が揺れている。ふわふわの癖毛は朗らかな人柄を象徴しているようでよく似合う。総じて本人は童顔だと気にしているが、いずれもロゼには持ち得ない愛らしさであり羨ましかった。兄もそんなミラだからこそ惹かれたに違いない。

その手には白い布に包まれた小さな命が抱かれている。大好きな兄とそのお嫁さんの宝物――まるで自分のことのように嬉しくて、つられるようにロゼの表情も緩んでいた。

彼女の座るソファーへと向かい、いつものように隣に座らせてもらう。ロゼは差し出された義姉の手元を覗きこんだ。

（髪はお義姉様譲りなのね！）

最初に見つけたのは金色の髪。まだ生えそろってはいないがキラキラと輝くようだ。ふっくらとした頬には赤が差し、些細な発見にすら心が躍る。

ロゼは熱い眼差しを注ぐが一向に動く気配はない。部屋に入った時から静かだと感じていたが、どうやら眠っているらしく少し残念に思った。

落胆が表情に出ていたのか、ミラはどうぞと顔が見やすいように動いてくれた。

恐る恐る――手に触れようと試みる。

小さな手は柔らかそうで、潰してしまわないかと心配になる。右手の人差し指でちょんと触れるだけで精一杯だった。

想像以上の柔らかさにまた一つ感動を覚える。それにしても慎重すぎるのか、そんなに肩に力を入れなくても……と笑われるほどらしい。

騒いでいるうちに目が覚めてしまったのか、赤子が身じろぐ。何かを探すような勢いで手足を動かしていた。やがて何を思ったのか、ちょうど傍にあったロゼの指を握る。

すがるように、まるでそれしか知らないように――母親ではなくロゼを求めていた。


突如、ロゼは涙した。


「ローゼリア様⁉　私、何かご無礼を！」

立ち上がりかけたミラを制す。その顔はロゼの涙に困惑どころか青ざめていた。

ミラは男爵家の出身であり、王宮の中で身分が低いことを人一倍気にしている。そのため幼い義妹にも常に無礼のないようにと振る舞っていた。

「平気、です。本当に……ただ、嬉しくて……」

本当のことを話す勇気は持てず、嬉し涙ということにしてしまった。それと決して、六歳で叔母さんになったことが悲しいわけではない。兄の子は実の妹のように尊く、幸せな感情ばかりを与えてくれたのだから。

けれど温かな指に包まれた瞬間、強い衝撃がロゼを襲った。

ある影像が頭の中を駆け巡る。


森も、街も、王宮も、あらゆるものが炎に包まれていた。

視界は激しい赤に侵され、耳には何かが崩れゆく轟音ばかりが鳴り響く。

燃え盛る炎の中心にいるのは小さな女の子だ。独り、泣いている。痛々しい叫びが聞こえるほど現実味を帯びていた。

次々と場面が移り変わる様子はまるで物語を見せられているようだ。あまりにもくるくる景色が変わるせいで目眩(めまい)を起こしそうになる。

景色の中には幾人もの顔が並んでいた。

知らないはずなのに知っている——そんな既視感が湧き上がる。

けれど不思議なことに不気味だとは思わない。それはかつてプレイしていた乙女ゲームと呼ばれるものだ。プレイヤーが主人公となり攻略対象と呼ばれる人物と恋に落ちるゲームの総称——初めて聞く単語を当然のように理解していた。

（そう……わたくしは、そうなのね……）

簡潔にまとめよう。ロゼは乙女ゲームの世界に転生していた。よって涙を流す他なかった。

ローゼリアこと自分は主人公でも悪役令嬢でもなければゲーム中では名前すら語られなかった存在だ。けれど溢れる涙を止める術を知らない。

かのゲームの主人公設定はかつて隣国に亡ぼされた国の姫。その名を――

「アイリーシャったら、ローゼリア様に会えたのがよっぽど嬉しいのね」

姪と一致していた。

「どうぞリーシャと呼んでやってください」

盛大な勘違いをしているミラは義妹と娘の邂逅を素直に喜んでいる。

やがてロゼの存在に気づいたアイリーシャと初めて視線が重なる。心なしか彼女の眉間に寄った皺が穏やかになっていた。

ロゼと同じ、そしてロゼの兄と同じ紫色の瞳をしていた。見つめ合うことしばらく、同じ色の瞳は合わせ鏡のようにも映る。おそらく母であるミラからぱっちりとした目元を受け継ぎ将来は美人に育つのだろう。

ゲームの主人公も金髪に紫の瞳である。姪と完全に一致していた。

何よりも見せつけられたばかりの映像が、この世界をあのゲームだと確信させていく。燃える王宮、そして街並みも、主人公を取り巻くものすべてがロゼの知るエルレンテと重なっていた。

小さな指先に精一杯の力を込めてアイリーシャが笑う。ロゼを見て、ロゼに笑いかけるのだ。この瞬間ロゼは誓った。何も知らないこの子を守らなければと。

なぜなら『ローゼス・ブルー』というこのゲーム、コンセプトが『すべてを失った貴女が掴み取る愛』という物騒極まりないものである。

コンセプトが物語るように主人公は亡国の姫。すべてを失った主人公が真実の愛を求めるという甘く切ない展開が涙を誘い。ルートによっては主人公が復讐に手を染めたり、愛した人は仇だったり……


主人公が可哀想すぎる！　なりたくない主人公ナンバー1!!!

プレイヤー一同

――とまで言わしめた誰よりも主人公の境遇に涙させられるゲームであった。記憶に残る限りの情報を思い返してみても辛いだけである。

ロゼは応えるように、今度は両手でしっかりと小さな手を包み込む。

この小さな手が喪失の悲しみに染まる？

復讐に手を染めるかもしれない？

とても訪れる未来を受け入れることは出来そうにない。だとしたら、ただ一人未来を知ったロゼが取るべき行動は一つしかない。

（ローゼス・ブルーなんて知ったことですか！）

今ここに反逆を決意する。

「わたくし……わたくしが貴女を守ります。ですからどうか、心配しないで。貴女にはそうして笑っていてほしいの」

ロゼが決意を告げる一方で、ミラは義妹の真剣な告白に驚かされていた。とても義妹とは思えない迫力を感じている。

「ローゼリア様、貴女は……貴女という人はっ！」

感極まったミラは我慢出来ずに我が子ともどもロゼを抱きしめた。

「お、お義姉様⁉」

「男爵家出身の私を姉と認めてくださっただけでなく、娘のためにそこまで心を砕いてくださるなんて、ああっ――なんてお優しい方なのでしょう！」

間違ってはいないけれど間違っている。けれど正面切って真実を告げられるはずもなく、ロゼは義姉からの抱擁に身を任せた。

（わたくしが主人公の叔母……）

遠いどこかへ視線を投げる。

この度、めでたくゲームの主人公が誕生した。ゲームの幕開けまではあと十七年ほど。はたしてアイリーシャが十七歳を迎えるまでエルレンテは存続していられるのか。

故に王女ローゼリアは独り、歴史を変えることを誓った。

第二章　叔母の決意

（待って。待つのよ……待ちなさいっ!!）

はたして何を待ってほしいのか。とにかく何もかもをだとロゼは答えるだろう。

名残惜しくもミラの部屋で近況を語り合うという予定は急遽中止となった。なんとか王女の体裁を保って断りを入れることには成功したが、これが落ち着いていられるわけがない。

（この世界が涙なしには語れない乙女ゲームの世界？　主人公は生まれたばかりでお昼寝中？　わたくしが主人公の叔母で、十七年以内に祖国の滅亡が決まっているですって⁉）

これを待てと言わずになんとする。

鬼気迫る表情で疾走すればロゼの剣幕に次々と道が譲られた。王女なのだから当然ともいえるが、たとえ身分が違ったとしても六歳とは思えない迫力に道が割れただろう。淑やかさの欠片もない行為だが今日ばかりは見逃してほしい。生まれたばかりの姪と、この国の未来が決まっているかもしれないのだ。

しかしながら、とんでもない状況に直面した時、信じたくないと防衛本能を働かせるのが人である。ロゼも例に漏れず、確かな証拠を探すべく王宮の書庫へと駆け込んだ。

重厚な扉を開けば久々の来客をもてなすように紙の匂いが漂う。それはそれはロゼとは真逆な静ひつだ。

壁一面に埋め込まれた本棚は天井にまで達し、大人の手でも届きようがないため梯子が用意されている。隙間なく埋められた本には歴史書から家系図までなんでも揃っていた。インターネットがないこの時代、閲覧可能な情報は全てここに詰まっている。

書庫の出入りは自由だ。門番もいなければ滅多に訪れる人間もいない。つまり頭を冷やすにも最適だ。

さっそくアイリーシャという名の王女が他に存在していないか調べてみたのだが。

（もう調べ終えてしまったわ……）

そもそも調べるまでもない状況だった。なにしろ自分が奇跡の王女の片割れだ。

けれどもう一つの希望を抱いていた。仮にアイリーシャが主人公であるとするならば、攻略対象たちも存在しているということになる。彼らの中には当然身分ある家柄の出身者も多く、生まれていればその名はエルレンテにも届いているはずだ。

結果？　絶望具合を察してほしい。本格的にローゼス・ブルーの世界だと信じるしかなくなった。

（わたくし自身のためにもローゼス・ブルーについて復習しておく必要があるわね）

ローゼス・ブルーこと通称ロゼブルは異世界ファンタジーに分類される乙女ゲームだ。亡国の王女アイリーシャが主人公、彼女は愛する家族も国も――全てを失った。ゲームの始まりは敵国に囚われているか、売られようとしているか、あるいは決死の逃亡中か……

ロゼはハンカチを握りしめる。

(ルートによって始まりが違うとはいえ始まりから辛すぎるわっ!)

少し回想しただけでこの有様。すべて本物の姪(アイリーシャ)に変換されてしまうのでより辛い。

そこから先は切なくも甘い乙女ゲーム的展開が繰り広げられるわけだが、はるか未来よりも問題は目先の未来。今後についてだ。

(エルレンテを亡ぼす国はわかっているのだから……)

この大陸で『大国』という名に最も相応しい国——アルベリス帝国だ。エルレンテが普通の国であるとするならば、隣接するアルベリス帝国は別格である。

軍事に力を入れているため長年の戦争から得た領土は広大だ。各領土から得る収入も多く、典型的に潤った豊かな国である。しかも大国らしいことに王の妃も常に三人は存在しているらしい。その分いざこざも多いようなので、エルレンテとしては遠慮したいところではあるけれど。こういう国の王女であれば普通と呼ばれることもなかっただろう。

攻略対象にもアルベリス関係者が多い。

(けれど国家間には侵略禁止の条約が交わされている。かつてアルベリスが最盛期に大陸を蹂躙(じゅうりん)してまわったせいでね)

かつてロゼが生まれるよりはるか昔、アルベリスは幾度となく戦争を繰り返していた。その結果、現在国土に隣接するのは海か山脈、あるいは何の得にもならない極寒の大地というところまで国を広げきったという。

何の奇跡か、その端っこに細々と存続を許されているのがエルレンテ王国だ。このままいけば十七年以内には吸収されるらしいけれど。

（ほぼアルベリス牽制条約なのだから、これがある限りいくらアルベリスとはいえ他国を侵略することは出来ないはず）

けれどロゼブルでは、ロゼが知るゲームの世界では、エルレンテ王国はアルベリス帝国に亡ぼされていた。その事実が結果として描かれていた。

（条約なんて存在しなかった？　いいえ、違うわね。正当な理由さえあれば――）

たとえば自国の王がエルレンテ関係者によって害されたとしよう。報復は正当性を持つ。それが嘘でも真実でも。

現在アルベリスとは交流も盛んだ。アルベリスの産業は多岐にわたり輸入品も多く仕入れている。市場で流通している商品の殆どをまかなっているといっても過言ではない。

（これから十七年のうちに何らかの事件が起こるというの？）

ロゼとして教わった歴史の授業、過去の自分が学んだ異世界の歴史、それらを基に考えれば戦争には理由が伴う。

（領土拡大のため侵攻を？　今更エルレンテを領土に加えたところでほんの少し面積が広くなるくらいなのよ？　エルレンテが怨みを買うのかもしれないし、逆も起こりえる。我が国が弱体化していたところを助けてくれて、後に吸収されるということもあるでしょう。これから財政破綻が起こらないとも限らないし……）

「ああもう、どれなの！　どうして滅亡理由まで詳しく書いていなかったのかしら⁉」

書庫にはロゼの叫びが木霊する。けれど最も叫びたい心の内は――

「わたくしに出来ることはある？」

前世の記憶はあるけれど、思い出したところで特別とは無縁だった。日本という国に生まれ、社会に出てからは真面目に働き、休日は大好きな乙女ゲームに囲まれて過ごす――平凡な人生だ。

生まれ変わった自分は王女という身分にこそ生まれたが、それで亡びゆく国を救えるのならロゼブルなんてゲームは始まらない。

運命という不確かな言葉を信じることに不安はあるけれど、記憶を取り戻したことには意味があると信じたい。まだ間に合うと、希望を見出してもいいのだろうか。

（アルベリスの動向には常には常に気を配らないといけないわ。いざという時には力を貸してもらえるよう、国内や国外にも友人を作っておくべきね。貴族だけではなくて――そう、お兄様たちにもアルベリスへの対応を進言しておかないと！）

ただの王女よりアルベリスと接する機会が圧倒的に多いのは兄たちだ。幸いなことに、夜には兄妹そろっての会食が予定されている。

ロゼには二人の兄がいる。それぞれが国政に携わり多忙な日々を送っているが、月に一度は必ず兄妹の時間を設けることが義務付けられていた。

（開国からの習慣に文句を言うつもりはありませんし、家族の絆を大切にするのも素晴らしいことだと思います。ただ……）

憂鬱な気分で見つめた先には曇り一つない銀食器。手順通り正確に並べられたそれらを駆使しての戦いが始まろうとしていた。

ロゼにとって王宮での食事は楽しむ以前にマナーを見張られるものだ。王女たるもの六歳児だろうと甘くはない。

（家族の食事がこれって……）

スープは音を立てずに飲み干し、口に運ぶためには小さく切り分けて少しずつ食べなければならない。決してほおばってはいけない等、無数のルールが存在する。

前菜、スープ、メインと皿が替わるたびに料理長を褒めたくなる一品ばかりだ。見た目は芸術的であり味も文句のつけようがない。けれど正直に言って堅苦しい。元日本人の感覚で言わせてもらうのなら、兄と妹が共に食事をするだけで大げさだ。もっと気軽に楽しめたらと何度願ったことか。しかもいたるところにメイドが控えている。給仕してくれるのは有り難いとはいえ、自分のペースで好きなものを好きな時に食べたいという気持ちもあった。

気心知れた兄たちをどこか遠くに感じてしまう。それほどまでに堅苦しさとは分厚い壁となっている。おかげで完食するまでは落ち着いて話が出来そうにない。

（もっと気軽に楽しみたいなんて、贅沢な望みね）

六歳のロゼにはワインを楽しむことも難しい。おしゃれなワイングラスよりも寸胴なコップを、同じ果実を使用しているのならジュースを所望する。

いずれも王族として難しいことは理解している。けれどたまにはと、細やかな期待を抱くこともある。せめてもの救いは舞踏会ほどのドレスコードを要求されないことだ。

ナプキンで口元を拭ったロゼはようやく息をつく。兄たちも同じなのか、とたんに会話が弾んだ。

「お前、私の娘にプロポーズしてくれたらしいですね」

次期国王として耳聡いのは武器となる。しかし情報がねじ曲がっていては意味をなさないと、ロゼは向かいの席に座る十二歳年の離れた長兄レオナールに呆れた視線を送った。

真っ直ぐにロゼを見つめる紫の瞳は優しげだ。物腰は柔らかく常に微笑みを浮かべ、太陽の光を閉じ込めたようなオレンジ色の髪を肩のあたりで緩く結んでいる。女性よりも優雅な身のこなしと評判だが、れっきとしたミラの夫だ。

常に微笑んでいるのに底が知れないとか、見透かされているような不安を抱かせるだとか、世間ではそんな風に噂されているけれど、ロゼにとっては単なる愛妻家の兄である。最近は新たに娘も加わったところだ。

「え、なになに、なんの話？」

興味深そうに割り込んだのは十一歳年の離れた第二王子のレイナスで、彼は最新の話題や自身が知り得ない事象については敏感だ。

猫のように人懐っこい態度、加えて無害そうな表情は誰とでもすぐに打ち解けてしまう。そういった特技を買われ、外交官としての手腕を期待されている。ちなみに独身だ。

レオナールに優雅という評価がついて回るようにレイナスは賑やかといわれることが多い。現在彼らは席を並べているためロゼの位置からはいっそう違いが際立っていた。並べば兄弟だと感じさせる同じ瞳に同じ髪色。いずれも両親譲りの整った顔立ちをしているが、纏う空気はこうも違うと実感させられる。

「ローゼリア様が泣いて娘を守ると宣言してくださったと、妻が感激していました」

「ああ、リーシャちゃんね。俺も会いに行ったけどかっわいーよなー」

無論レイナスにとっても初めての姪は愛すべき対象だ。

「嫁にはやりません」

「はいはい、お父さんは将来が大変そうですねー」

見慣れた兄たちの戯れもローゼス・ブルーが開幕すれば全てが過去の出来事となってしまう。主人公はこんなにも深い父の愛も、家族の温もりも知らずにいた。

「――ゼ、ロゼ?」

いつのまにか俯いていた。顔を上げれば心配そうに見つめるレオナールがいる。

「顔色が悪いようですが、具合でも？　からかい過ぎたかな」

優しい言葉も気遣うような視線も全部が涙の材料だ。泣いたところで失う時間を止められるわけもないのに。

（泣いたところで運命は待ってくれないのよ。泣いてはだめ、泣くな――泣くな！）

膝の上で握りしめた掌に力を込める。それがロゼの決意だった。

「ご心配をおかけして申し訳ありません。問題ありませんわ」

「……お前、本当にロゼか？」

真っ先にいぶかしんだのはレイナスだ。

「どこから見てもローゼリアかと思いますけれど」

「いや、なんていうか、急に大人っぽくなったというか……」

それは――そうだろう。前世の記憶を思い出してはいつまでも子どもでいられない。

「女性というものはある日突然大人になるものなのです」

「えっと、本当に六歳児とは思えませんよ」

レオナールも素直に騙されてはくれなかった。

「わたくし正真正銘ローゼリアなのに困ったわ……そうだ！　お二人の失敗談でも話すというのはどうかしら」

「それは止めなさい」

「それは止めろ」

ロゼの提案は息の合った制止により不発に終わる。

いくら不審がられようとそう主張するしかないのだ。ちょっと大人の自覚を持ったくらいで納得してもらいたい。

「ところでお二人とも最近何か――その、不穏な動きは見られまして？」

何でもいい、国家滅亡に繋がる手がかりはないものか。

総じて子どもらしくない質問に不審がられている気配がひしひしと伝わる。まずは何故そのようなことを訊くのか、説明を求められていた。

「わたくしだって、国勢についても将来のためにも学んでおくべきと考えているのです」

不審がられようと言い訳が苦しかろうと情報収集は必要不可欠。この身体には知識も情報もあまりに足りていない。

質問を受けてくれたのはレオナールだった。

「勉強熱心なことについては嬉しく思いますが、国家間での揉め事は起きていませんよ。表立っても、水面下でもね」

平和であろうと情報収集を怠れば足元を救われる。他国に間者を放っているであろう兄は明言した。

「同感っと。エルレンテは平和そのもの。だからお前みたいな子どもが心配することはないぜ。な？」

国内よりも国外にいることが多いレイナスも同じ意見だ。国王陛下の代理として会合に出席することもあれば情勢にも精通している。未来の外交官殿も同意見ときた。

「わかりました。けれど油断は滅亡の元と言いますし」

「いや初耳だけど」

すかさずレイナスがツッコミを入れた。

「特にどこかの大国に目をつけられでもしたら大変です。これからはとってもとっても十分慎重に、より慎重な対応を重ねたほうがよろしいかと！」

「お、おう……」

「くれぐれも粗相があってはいけませんわ。くれぐれも！　わたくしも気を付けてまいりますから、その……お兄様たちもお気をつけてくださいね。相手はあのアルベリスなのですから、もし怨みを買ってしまったら……」

最終的には名指しである。

時代が変わればレオナールが即位する。ロゼとて兄の導く国を信じていたいが、素直に喜ぶのは難しいことだった。

「心配してくれたのですね。ありがとうございます。大丈夫、ロゼの気持ちはきちんと伝わっていますよ。もちろん各国への対応には今後も細心の注意を払うつもりです」

王女として自覚を持つのはいいことだとレオナールは解釈したらしい。

ずばり将来滅亡するから慎重な行動をと言えれば簡単なのだが。妹からの気遣いは本当に伝わっているのだろうか。

とはいえ本来進言するまでもないことだ。各国への対応には細心の注意を払え、そんなことロゼに言われるまでもない。彼らはすでに国の代表として活躍する立場にある。

（ならどうして亡びるというのかしらね⁉）

釘を刺せるのも限界か。ならば気を取り直して。

「では何か、困っていることはございませんか？」

「今日はやけに食いつくのな。いつもは手習いのことや、美味いもんの話ばっかしてたのに」

「わ、わたくしだってこの国の一員ですもの！　国のために何かしたいと志すことの何が間違っているというの？　ねえ、レオお兄様！」

「わ、私⁉　まあそれは、王族の一員として自覚を持つことは良いことだと思いますよ」

たじろぐレオナールを急かし言質を取った。

「そうでしょう⁉　わたくしはお兄様たちのように国政に関われるほどの力があるわりでもなく、せいぜい嫁ぐことでしか役に立てない身ですもの。それでもこの国を愛しているのですから！」

「わ、わかった、お前の気持ちは良く分かりました！　次期国王として嬉しく思います。有り難く受け取らせてもらうよ」

「光栄ですわ。それで、何か困っていることはございます？」

「そうだなー、しいて挙げるなら……俺も結婚したいとか？」

おもむろに呟いたのはレイナスである。

「そうですわね……レイお兄様もどなたか――出来れば我がエルレンテに敵意を持っていそうな国、もしくは大国の姫君とご結婚なさるとよろしいかと。アルベリス帝国だとなお可！」

「おまっ、なに堂々と政略結婚勧めてんだよ！　てか、あそこも皇子ばっかりだよね⁉」

妹に政略結婚を勧められる兄の心境は複雑だ。

「冗談はさておき、それもいいですわね」

兄に勧める傍らロゼは閃く。

（わたくしがアルベリスに嫁ぐという展開はどうかしら？）
内情探り放題である。ぜひ前向きに検討しなければと意気込んでいた。

結局のところ、会食において有力な情報を得られなかったロゼが取る行動は速やかに眠ること
だった。しかし依然として眠れずにいる。
（いずれ祖国が亡ぶ。知っているのはわたくしだけ……）
なんて理不尽な設定だろう。抗議をしたいのに宛先がわからない。
夜の到来を怖ろしく感じるのは初めてだ。目が覚めて国が無事だという保証はどこにもない。滅
亡へのカウントダウンはすでに始まっている。それでも明日を信じるのなら明日のために眠らなけ
ればならない。
目を閉じれば嫌でも考えてしまう。単純に計算して、アイリーシャが十七歳に成長すればロゼは
二十三歳だ。無論、人生を終えるには早すぎる年齢といえる。けれど主人公アイリーシャに家族と
呼べる人はいなかった。つまり、そういうことなのだ。
（ロゼブルの時間軸ではわたくしも死んでいる……）
こうしている間にも死が約束された未来へと進んでいる。眠れば二度と朝は訪れないかもしれな
い。考えるほど闇は深く、震える身体を抱きしめていた。
（けれど怖いからといって目を背けてはいられない。わたくしはどうすればいいの？）
結末は知っている。けれど過程を知るわけではない。だとしたら回避しようと奮闘するよりも一

人生き延びることの方がはるかに簡単だ。いずれ国が亡びると話したところで信じてもらえるわけがない。最悪、反逆罪を問われるかもしれない。いっそ適当な理由を作って留学なり他国へ嫁ぐなりしてしまえばいい。

逃げてしまえと囁く自分がいた。悲劇が起こったところで誰も知らないのだから責められることはない。両親や兄たちは笑顔で送り出してくれるだろう。

けれどロゼはそれが出来るほど強くなかった。

（一人で逃げても一生後悔するに決まっているわ）

家族も思い出も、大切なものは全部ここにある。

送り出してくれた兄たちの笑顔を忘れられるだろうか。

生まれ育った王宮が燃えるのを見過ごすことが出来るのか。

活気溢れる街並みが悲しみに塗りつぶされると知っていて目を逸らしていられるのか。

何より！　アイリーシャの健やかな成長を諦められるだろうか。

結論は呼吸をするように導き出されていた。

（どうしたって無理ね。あの子はわたくしを必要としてくれた）

成長したアイリーシャに勘違いも甚だしいと言われようが構わない。その時は厚かましい叔母さんでごめんなさいと謝って落ち込めばいいのだ。いまは少しでも多くエルレンテに留まる理由がほしかった。

（だからわたくしはエルレンテに残るのよ。ここで生きて、足掻くと決めたわ）

国を守ることは王族の義務でもある。いつか無様だと嗤われる日がこようと後悔しない方を選びたい。最後にはこれでよかったと胸を張って言える自分で在りたい。

そのためには強くならなければと思う。大切な人を、あるいは自分自身を守れるだけの力が必要になる。

だからロゼは——早朝の走り込みを始めた。

通常よりも一時間ほど早くベッドを抜け出し、自らが暮らす離宮の周囲を走った。もちろん日課にするつもりだ。

（まずは身体を鍛えることから始めるべきね！）

王女として大切に育てられてきた六歳児の体力は底が浅い。この身体に出来ることは限られているけれど、何もせずにじっとしていればすぐに十七年後が来てしまう。いざとなればアイリーシャを背負ってでも逃げてみせよう。

第三章　秘密のお昼寝

ゲームは十七歳の主人公から幕を開ける。つまり十七年以内に祖国の滅亡が確定している。それは小さな身で抱えるには甚大な隠し事、ロゼは不安に押しつぶされる日々を送っていた。

「眠い……」

眠さも相まっての形相は極めて邪悪。それはもう人に見せられたものではない。アイリーシャも泣き出すだろう。

ロゼは母親に似て美しいと褒め称えられることが多く、王妃は凄みのある美人だった。緑の髪は絹糸のように細く滑らか、赤い唇は扇情的で弧を描けば方々から感嘆のため息が零れる。白信に満ちた瞳は切れ長で、眼差しだけで人々を魅了した。しかし沈黙を貫けば冷たく非情にも感じさせる。そんな母譲りの凄みをもって呟くのだ。泣くどころか逃げ出されてもおかしくはない。

現在ロゼが身を置く淡い色に統一された部屋は、生まれたての王女アイリーシャに与えられたものである。とはいえ部屋の主は生後一月と十日、与えられたところで持て余しているというのが現状だ。

天蓋のついた大きなベッドも彼女には過分だ。そこでロゼはベッドの横を借りて座らせてもらっている。

時間を有効に使おうと教科書を広げていたのだが、内容は全くもって頭に入っていない。それは当然の結果というもので、ここ数日ロゼはまともに眠れていなかった。いつからなんてわかりきっている。前世を思い出したあの日からずっと夜眠るのが怖かった。

疲労を糧(かて)になんとか眠ろうと試みてはいるが、疲ればかりが蓄積されていく。毎日のように寝不足が続けば身体も重く、やはり睡眠は大切なのだと実感させられた。

そう、理解はしている。してはいるのだが……実践するのは難しい。

とはいえ健やかに眠る姪を見つめていれば眠気も襲う。潔く教科書を閉じたロゼはアイリーシャの寝顔を見つめた。

「貴女はどんな夢をみているのかしら」

視線の先には世界で二人きりの王女が眠る。大きなベッドと小さな赤子という図は彼女の存在をより小さく感じさせ、白い服が上下するたびに尊さを噛みしめていた。彼女の夢路は自分とは違う健やかなものであることを願う。

可愛いなんて言葉では足りない。見ているだけで口元は緩み、疲れが癒されていくようだ。おそらくアイリーシャの効能は癒し。存在しているだけで周囲は和み、笑顔には癒し成分的な何かが含まれているのだろう。

(どうしてこの世界にはカメラがないのかしらね⁉)

姪の成長はこの目で見て収めるしかない。

「まるで眠り姫――ってあら？　ということは王子様が起こしに来てしまうのかしら」

冗談じゃない。ロゼとて滑らかな頬に触れたい欲求を堪えているのだ。王子様だろうと眠りの邪魔はさせない。必ずや追い返してみせると誓った。

アイリーシャと触れ合えないことは残念に思うが眠るのは子どもの仕事。まだ寝返りもうてない姪を見守ることがロゼの役目であり、要するに子守をしている最中だ。

現在、アイリーシャの母であるミラは次期王妃としての教育に追われている。

彼女の伴侶であるレオナールは王太子として育てられており、レイナスも補佐として生きることを望んでいる。必然的に妻であるミラは次期エルレンテ王妃となることが決まっていた。アイリーシャの母はミラしかいない。けれど同時に彼女は王妃という責務も背負わなければならないのだ。

しかし男爵令嬢として生まれ育ったミラには遠い世界のこと。貴族としての教養は兼ね備えているがそれだけでは務まらず、時間をみつけては王妃として離宮を取り仕切るロゼの母を訪ね学ぼうとしている。

（いつもながらお義姉さまの姿勢には感服させられます）

ロゼは努力を重ねる義姉を好ましく思う。負けてはいられないと勝手に励まされていた。

時期王妃という保証された暮らしは華やかさだけではない。ロゼは身分に拘らない主義だが周囲は違う。もっと良い家柄の娘がいると反対の声も多かった。それでも彼女はこの道を選び、反対も批判も、己の無力さえ自覚していながら兄の手を取った。

そうまでして兄を選んでくれたことが嬉しかった。王妃になりたい人ではなく、兄の妻になりたい人なら誰であろうとロゼは歓迎する。

それはいったいどれほどの想いなのか――

あの人の隣は誰にも譲りたくないと、かつてミラは内緒話のように語ってくれた。争いごとを好まない義姉がはっきりと宣言したのだ。その苦しさに比べればどんなことでも乗り越えられると笑った。自分にもいつか、それほどまでに胸を焦がす相手が現れたらと夢を見たのは二人だけの秘密だ。

母親の代わりにはなれないけれど、せめて傍にいてあげたい。そんな理由も相まって子守を引き受けていた。とはいえロゼ自身がまだ六歳なので満足にアイリーシャを抱えることも難しい。何に替えても守るという使命感だけではままならないこともある。

「叔母さんでも我慢してくれるのかしら……」

ロゼが傍にいることをアイリーシャはどう感じているのか。

当初部屋には乳母を含めた三人がいた。しかしロゼに気を利かせたのか、乳母は続き部屋の奥に控えている。

アイリーシャは二人きりになってもぐずることはなく、おもちゃであやせば楽しそうな反応を示してくれた。けれどその心の内側までは読めず、母親ではないことに不満を感じているかもしれない。一月と十日で話し始めたら驚愕するが、早く意思疎通が叶ってほしいとも思う。

「お母様でないと嫌なんて言われたら立ち直れないけれど……」

軽い想像だけで落ち込むロゼである。そんな彼女を現実へと引き戻したのはメイドからの入室許可だった。

(まさか本当に王子様がアイリーシャの眠りを妨げに!?)

ロゼの不安をよそにひょっこりと顔を出したのはレイナスだ。

「よっ！　我が家の姫君たちは息災かー？」

一応、王子様に分類される。

「……まあ、お兄様でしたら容認しても」

「え、なんて?」

「ちょうどリーシャが眠ったところです。彼女の眠りを妨げるつもりなら容赦は致しませんからね、というお話ですわ」

　立ち上がり出迎えこそしたロゼだが手厳しくレイナスは身震いさせられた。

「お前はホント、リーシャちゃんのこと好きだよなー。あ、実は妹がほしかったとか?」

「妹であろうと姪であろうと関係ありません。わたくしは彼女だからこそ愛おしいのです。レイお兄様こそ本当は……」

「何?」

「何も」

(主人公（リーシャ）のような妹がほしかったのではない?　わたくしのような妹ではなく、主人公のように愛らしい妹が)

　卑屈な思考に埋められていく。忘れようと頭を振るが手遅れだった。結果として、よりレイナスの注意を引いてしまう。

「や、気になるんだけど」

「ですから、可愛げのある妹を望まれていたのではありませんか?　アイリーシャのように可愛くて素直……に育つかもしれない妹がいいに決まっているのだわ」

　なんだそれという顔を向けられたロゼはかっとなって続けてしまう。

「先日、いえ先ほども。わたくしのこと、どうせ可愛げがないと思われたでしょう。子どもっぽくないと言ったじゃない！」

「……あ、ああ！　あれね！」

ようやく記憶の中で先日の会食が結びついたらしい。

「それですっ！　わたくしのこと、変だと疑っているでしょう」

「なんで？」

「何度もローゼリアらしくないとおっしゃいましたわ」

「あー……もしかして根に持ってる？」

「根に持つほどのことではありません。けれど忘れてもいないだけです」

もうこの話は忘れてほしいとロゼは無理にでも完結させた。

「それで、どうされたのですか？　お義姉様はいらっしゃいませんけれど」

「向こうにも顔出してきたから知ってる。母さんにみっちりしごかれてたな」

「お母様、容赦がありませんものね。根を上げないお義姉様は尊敬に値します」

「そりゃ、愛の力ってやつ？」

しばらくの沈黙があった。

「……何故かしら。レイお兄様がおっしゃると急に胡散臭くなるわ」

「そう……。でも真顔で言うのは止めてくれる？　俺、けっこう繊細だからな？」

「でしたら本題に移ることをおすすめします」

「そうね、そうさせてもらうわ。俺はロゼちゃんに会いに来たの」

「わたくしに――ってまさか！　何か国家存続の危機に瀕する事象を思い出されて⁉」

「いや違うから。そこ、落胆しないでね」

「落胆なんて人聞きの悪い！　こんな所までわたくしを追いかけてくるんですもの、それほどの非常事態かと想定し覚悟を決めておいただけです」

「非常事態じゃないと妹探しちゃ悪いのか？」

　手厳しいなとレイナスは苦笑いに肩を竦めた。

「急に出張の予定が入ったからさ、可愛い妹に別れの挨拶（あいさつ）。アニキんとこにも挨拶は済ませたから、あとはロゼちゃんと、そちらの眠り姫にね」

　そういえば母のところにも顔を出したと話していたか。

「そうでしたのね。わたくしも見送ることが出来て嬉しいです」

　皮肉も恨み言も切り上げ向き直る。次に会える保証はないのだから、後悔しないためにもきちんと挨拶は済ませておきたかった。

「どうかお気をつけて。レイお兄様のご無事と、お仕事の成功を祈ります」

「おう、ありがとな！」

　レイナスは大きく笑い、喜びを滲ませた。

「――でだ」

　ところが一拍置いて態度が変わる。眉間に皺を寄せた険しい表情だ。わざわざ話を区切っては身を乗り出し距離を縮めてきた。

「な、何か？」

当然ロゼの反応も固くなる。神妙な顔つきで迫られ戸惑うばかりだ。

「お前も寝ろ」

「はい？」

お前もとは、お前もアイリーシャのように眠れということなのだろう。

この兄は何を言い出すのか。そんな表情を浮かべていると、実力行使に移るようで、アイリーシャが横たわるベッドへと身体を押される。

「お、お兄様⁉　これは一体どういうおつもり⁉」

あくまでアイリーシャに配慮した小声で叫ぶ。

「お前、バレないと思ってる？　ここんとこずっと顔色悪いんだけど」

こちらもあくまで小声だ。怒っているというよりも苛立っていますという雰囲気の。

「何を――あ、ありのままの……わたくしの素顔を貶すおつもり⁉」

つい口を飛び出したのは言い訳がましいものだった。とっさにこの世界にもカバー力の高いファンデーションがあればいいと現実逃避してしまう。

するとレイナスは何故か微笑ましいものを見るような眼差しを向けてきた。

「こないだの夜はさ。本当にロゼかなんて、疑って悪かったな」

苛立ちはどこへ消えたのか、脈絡のない謝罪までする始末。突然どうしたのかとロゼが問うのも仕方のないことだ。

「いやさ、そういうとこ……分が悪いと話を逸らそうとするところ、やっぱロゼちゃんだなーって」

自覚してはいたが、見破られていたことに驚かされる。レイナスのことを甘く見ていたのかもしれない。有能な王子は王という形に収まらなくても他国と渡り合い常にエルレンテを守っているのだから。

「俺はさ、アニキみたいに王様になれるわけじゃない。けど、お前の兄にはなれるだろ?」

「なれるといいますか、すでにお兄様ですけれど」

ロゼは冷静に事実だけを述べる。

「だーかーらー、心配事があるならお兄ちゃんに話してごらんて言ってんの!」

指で額を突かれる。まるで、いや完全に子ども扱いされていた。十一も歳が離れている兄からすれば子どもなのだろうが、早く大人になりたいと焦るロゼにとっては不満でしかない。

「わたくしに心配事があるとするのなら、それはエルレンテの未来だけです」

「またそんな難しいこと言って……」

背筋を伸ばして答える姿はまた外見にそぐわないと思われているのだ。

「心配事があるなら話してみろと、そうおっしゃったのはお兄様です」

突き詰めればロゼは真実しか口にしていない。伝わらないもどかしさに口を尖らせれば子どもっぽいことをしているなと少し悲しくなった。

不服を申し立てる妹の様子に気づいたレイナスは疑うことを止めて考える。

「でもそれって、お前一人が頑張ってどうにかなること？」

「それは……」

言葉に詰まるのは事実だから。わかっているのに早くしなければと心ばかりが急くのだ。

「違うよな」

レイナスの口調は責めるものではなかった。

「エルレンテの未来のためなら俺も頑張るよ。アニキだってさ。アネキだって、リーシャちゃんとの時間削ってまで頑張ってる。だからさ、もっと周りのこと信じてやったら？」

大きな掌がロゼの頭を撫でる。それは前世を思い出しても変わらぬ兄の手だった。

「……はい」

思い知らされた。自分ひとりで何もかも背負ってみたところでこの数日は苦しいだけだった。レイナスの言葉は閉じかけていたロゼの心を救ってくれた。

「だから寝ろ」

「結局そこに戻るのね」

じっとりと兄を見つめ返す。

「そんな隈(くま)だらけの妹放っておけるかっての」

「お兄様、まさかそのためにわたくしを訪ねて？」

よほどの急ぎであれば顔を合わせずに旅立つこともある。実際にこれまでも何度かそういうことはあった。今回わざわざ来てくれたのは、もしかしなくてもロゼを心配してのことだろう。

「さーってね。俺もたまには姪の顔が見たくなったんじゃない？」

「……そう、ですわね。こんなに可愛いらしいんですもの、仕方ありませんわね」

兄が隠そうとするのなら見ないふりをする。それも妹の優しさだ。

なんとなく二人そろってアイリーシャの寝顔を見つめる。

「お前も横で寝かせてもらえば？」

「わたくしの使命はリーシャの眠りを守ること。護衛が共に寝ていては不毛です」

「他にも護衛はいるだろ。それよりも、リーシャちゃんだって大好きなロゼちゃんが疲れた顔してたら悲しくない？」

「お兄様！　発言には責任を持つべきです！」

「え、アニキがこっそり護衛つけてるって言うのまずかった？」

「リーシャがわたくしのことを大好きかどうかなんて、訊いてみなければわからないでしょう⁉」

「あ、食いつくとこ、そこなのね」

「わたくしはリーシャのことが大好きです」

「うん、知ってた」

問いかけでもないのに見事な相槌だ。

「あの日、初めて対面を許されたその日。幼いながらも必死にわたくしの手を握ってくれました。あの瞬間、リーシャはわたくしを必要としてくれた。名前すら存在していなかったわたくしが叔母として存在を許された記念日っ！」

「何それ叔母認知記念日？　それとも姪対面記念日？」

名称についてはアイリーシャ記念日か、それではまるで誕生日のようだと悩ましいので追及しないでおく。

「わたくしだけが世界のすべてであるかのように必死に縋りついて、その姿に衝撃を覚えた日からわたくしはリーシャの虜。けれどこの子にしてみれば、わたくしなんて両親以外のその他大勢に決まっています！」

「お前ってリーシャちゃん絡むと前向きなのか後ろ向きなのか……」

すでに認知していたはずが、認識が甘かったとレイナスは後に語る。

「あーうん。それくらいにして良い子は寝ような。なっ？　リーシャちゃん起きちゃう」

レイナスの指がロゼの口元を遮った。

「リーシャが起きる⁉」

由々しき事態だ。静かにしようと固まればその隙をついて強引にベッドへ押し倒される。柔らかなベッドが大きく弾んだ。

（リーシャは⁉）

起きだしていないかと視線を向けるが眠り続けている。声を上げるのは憚られ、何をすると視線だけで非難した。

それにしてもふかふかだ。身じろぎすれば身体が沈む。同じベッド上で暴れてはますますアイリーシャを起こしてしまうので大人しくするしかない。兄は策士だったのか。大人しくしていれば睡眠を欲している身体は単純だ。

「お休み」

止めとばかりに優しい手が視界を覆い尽くす。

「子ども扱いは、遠慮したいのですけれど」

前世の記憶とローゼリアとしての自分。心のバランスが難しいこともある。

「そう？　子どもの特権じゃん」

「いつまでも子どものままではいられません」

「なんで？　いてよ。俺が、寂しいからさ」

明るく振る舞うレイナスには不釣り合いな響きのはずが、嘘だとは思えない。視界を覆っての呟きは顔を見られたくないのだろう。

レオナールはいずれ王となる。そして妹はある日突然年相応の可愛気を失くしてしまった。これは本気で寂しがっているのかもしれない。その一端を担いでしまったロゼは心苦しさも相まって本音を零していた。

「……眠るのは、怖いから」

夜眠るのが怖いなんて、子どもっぽいことを言いたくなかった。けれどこの人は安心したいのだ。子どもっぽい妹を見つけて、一人置いて行かれたわけではないと実感していたいのだろう。

「わたくしは強くなることを決意しました。ですから子どもっぽいことを口にしたくはないのです」

「いや、お前の外見見て子どもじゃないって否定する奴はいないだろ」

「そういう問題ではなく」

「まあまあ、それじゃあ間を取って、三人で昼寝しようぜ！　俺も一緒にいてやるよ。ロゼちゃんが寝て起きるまでずっと。誰かと一緒なら怖くないだろ？」

レイナスは名案だと手を差し伸べてくれる。それはとても甘い誘惑だった。

「そういうところ、貴方はお兄様なのだと思います」

「ん？」

「貴方は正真正銘、わたくしのお兄様でしてよ」

「大人な妹に救われるねえ」

しみじみと呟かれる。

「本心ですからね。わたくしなんて所詮、レイお兄様に弄ばれたにすぎません」

「うん、誤解を招くような発言はやめような。ほら、寝た寝た！　あ、でもアニキには内緒な」

「英断ですわ」

見つかろうものなら「私を差し置いて！」と怒る姿が目に浮かぶ。

「お、そうだ！　眠れないお姫様には寝物語でも聞かせてやろうか？」

「お兄様の寝物語というのは、正しくは諸国語りと呼ぶのではなくて？　わたくしでなければ子どもは遠慮しているところですわよ」

この世界にも定番の寝物語は存在する。前世で知るものとは異なるが、つまりは王子様とお姫様が幸せに暮らしましたという類のものだ。子どもはそういった物語や冒険譚を好む。けれどこの兄が語るのはいつも諸国を回った感想らしきものばかりだ。

「でも俺はロゼちゃんのアニキだからさ。リーシャちゃんでも他の誰でもない、ロゼちゃんだけの、お兄ちゃんだよ」

すでに語りは始まっているのかもしれない。優しく言い聞かせるような口調に安心させられる。

「そう、でしたわね。子どもっぽくなくて兄を困らせてしまう、そんなわたくしのお兄様ですものね。寝物語よりも、諸国語りの方がわたくしたちには似合っているのかもしれませんわ」

ロゼは子どもがせがむ空想よりも現実的な他国の情勢を必要としている。レイナスが理解しているのかいないのか――おそらくしていないだろうが、妹の喜ぶ点を兄は見事についていた。

「お姫様はどこの話をご所望で？」

「どの国でも嬉しいです。お兄様の話してくださるお話、好きですもの」

海を越えた先にある大きな大陸の話。遠くのさらに遠い先にあるとされる砂の国の話。いずれもロゼが訪れたことのない国の話を聞かせてくれる。その度にロゼはいつか自分も行けたらという夢を見た。壮大な語りは憧れを抱かせる。

「よし、エルレンテでは味わえない雪国の話を聞かせてやろう！」

「きっと雪かきが大変で、色々なものが一瞬で凍ってしまったり、雪像を作って遊んだりするのね。楽しみです」

「雪国はお前の方が詳しい気がする……」

「諦めないで、お兄様！　わたくしなんて少し書物で読んだだけですもの、お兄様には勝てないわ。決して行ったことがあるわけではないのよ。ええ決して！」

レイナスの疑問をよそにロゼは幸せを感じていた。兄だけじゃない。家族だってたくさんいる。振り返らなくてもローゼリアはたくさんの人に支えられていた。

（独りで足掻く必要はないのね）

たとえ何度優しい言葉をかけられ勇気づけられたとしても、悪夢は繰り返しロゼに襲い掛かるだろう。けれどもう、怖いだけではなくなった。そんな時は誰かの側にいればいい。頼ればいいのだと、ローゼリアは独りではないと兄が教えてくれたから。だから――

「わたくしはわたくしらしく、無理をする必要はないのですね。たとえ誰が困ろうと、お兄様が許してくださるのなら心強いです」

「そうそう。安心して眠れー」

どこかちぐはぐな兄妹の会話を皮切りにレイナスの諸国語りが始まる。やがてロゼの瞼は自然と重たくなっていた。見つめるレイナスの視線は満足そうだ。

「心配しなくたってお前は今もこの先もずっと、俺の可愛い妹だよ」

数年後、この発言を本気で撤回したくなるとは本人も思うまい。

三人揃っての秘密のお昼寝はもう一人の兄が訪れるまで続いた。

レオナールはその光景を見てまず唖然とし、驚きながらも幸せを胸に刻む。守るべき大切な三人が一堂に会し眠る様子は幸福の象徴だ。しかしながら微笑ましさと嫉妬は別物である。

「お前たち！　何故私を呼ばないのです⁉」

真っ先に目を覚ましたロゼが見たものは、仲間外れにされたことを拗ねるレオナールだった。王子としての完璧な表情は崩れ、笑みよりも青筋の方が際立っている。ロゼが姪を愛するように、この兄も愛娘のことを溺愛していた。

慌ててこれは不慮の事故だと手を振って否定しようと試みたが、その腕はアイリーシャがしがみついていて動かせない。

（え――なっ、何事⁉）

覚醒するには十分すぎる威力を持つ。なんという幸せな状況だろう。

（あら？　ならもう片方はどうして動かせないのかしら……？）

疑問に視線を巡らせれば、もう片方の手はレイナスに握られていた。

二人してロゼを逃がさんばかりの構図である。そして眼前にはレオナール。完全に退路は断たれていた。

忙しいはずのレイナスはずっと隣にいてくれた。起きだした途端、時計を見てレオナールの存在に大慌てしていたけれど、一度たりともロゼを責めることはなかった。普段は軽く振る舞っているが実はお人好しでとても優しい頼れる兄である。

目が覚めたロゼの胸は幸せな色に塗り替えられていた。あれほど怖かったはずが、怖さなんて微塵も感じていなかった。それどころか、なんだか面白くなって笑っていたのだ。こんな景色が待っているのならまた見てみたい。そのためにはきちんと眠らなければいけない。
それにもし怖くなったとしたら、子どもの特権で誰かのベッドにもぐりこめばいいと教わった。

第四章　未来の暗殺者と叔母の出会い

勉学に勤しみ、身体を鍛え、公務に励み、疲れたのなら眠る。有り難いことにそんな当たり前の日々が続いていた。けれどロゼが鍛錬の手を止めることはなかった。いつ未来が牙をむくとも限らない。アイリーシャのためにも怠けるだなんて行為は許されなかった。

可愛いぬいぐるみよりも鋭いナイフを、着飾るためのお化粧よりも身を守るための体術を、王女というより最早少女にあるまじき生活である。

鍛錬を開始して二年ほどが経過したその日、ロゼは懐かしい屈辱を思い出してしまったために荒れていた。

かつてロゼは大国アルベリス宛に肖像画を送ったことがある。

国と国を越えて、それも王族相手となれば婚姻とは国同士の繋がりを強固にするためでもある。むしろその意味合いが強く愛なんて二の次だ。少しでも有益な相手を探し求めるだろう。肖像画を送ってはみたが、彼らにとってエルレンテの姫と結婚する利点はないと判断されたわけだ。

（大国アルベリスにとってエルレンテはその程度の認識ということね）

運命の悪戯が起こってアルベリスの皇子たちに見初められる——なんて都合の良い展開にはならなかった。皇子たちが叶わなくとも有力者の目に留まってくれれば——なんて都合の良い展開にもならなかった。もっといえば現国王の愛人だろうと引き受けるつもりでいたけれど……。

（だからといってあれは屈辱でしたわねえ……）

上手くいけば儲けものくらいの心づもりでいた。それでも紙切れ一枚と共に送り返された肖像画には惨めさを覚えるのだ。たとえ相手になろうがなかろうが普通は送られた側がそっと処分するものである。それが断るなりの優しさというもの。それをわざわざ送り返してきたということは身の程を知れという意味である。

（覚えていなさい。いつか後悔させてやるんだからっ！）

ロゼにとってアルベリス嫁入り作戦は禁句。ひときわ攻撃に威力が増した。この悔しさは鍛練にぶつけると決めたのだ。

ところで初めは一人で始めていた鍛練なのだが……

「ローゼリア様、腰、腰です！　もっと腰を落としてください！」

「腕を大きく振るんです、背筋を伸ばして！」

「お疲れでしょう。お水はいかがです？」

かわるがわる訪れる指導者によってロゼの周囲は賑やかになっていた。彼らの正体はエルレンテ国王直属護衛チームのメンバー、つまり隠密・戦闘・護衛のプロ集団だ。

エルレンテの国王には代々直属の護衛が付いている。つまり彼らの任務は影のように国王の身を守ることにある。それが何故このようなことになっているのかといえば……いわく、見かねたそうだ。ロゼが一人体術の練習をはじめ無様にも失敗し一人転んでいたところ、柱の陰から手を差し伸べてくれた。

それからは日替わりで手の空いている者が稽古をつけてくれるようになった。彼らの中には暗殺業や人に言えない過去を持つ者が多く能力は保証済みだ。ロゼとしても大変有り難いことである。

鍛練で流した汗を拭い、ロゼは離宮の陰に腰を下ろす。王女が地べたに座るなんて目撃されようものなら厄介な噂になるためしっかりと人目のない場所を選んでいる。彼らもその立場から目立つわけにはいかないという配慮も含まれていた。

吹き抜ける風は火照った身体に心地好い。青い空には雲一つなくどこまでも続いている。

そう、どこまでも遠くアルベリスの地まで——

ロゼは飛び起きた。そんな光景を見ていたら気付いてしまったのだ。

(考えてみれば、乙女ゲームの世界に転生するって凄いことね！)

遅い。今の今まで感動するよりも境遇に驚くことしかしていなかったなんて。

この空がロゼブルの空……そう思えば見慣れた青にも尊さが増す。

（みんなこの世界にいる。主人公も攻略対象たちも同じ空を見ている。それって、とても凄いことだったわね）

今更ながらに襲う感動の嵐。遅い。

現在アイリーシャは二歳。先日、なんと一人で歩いてロゼの元までやってくるという感動体験をさせてもらったところだ。

主人公の成長は常に見守っているが、他の攻略対象たちはどうだろう。そろそろ全員生まれているわけで、本当に同じ空を見ているということになる。

（そう、例えば……曲者（くせもの）だったノア！）

彼は暗殺者と呼ばれる類（たぐ）いの人間だ。そのため王宮の書庫で名前を確かめる術（すべ）はなかった。

（確か、主人公と出会った時は二十四歳。ということは、いまは九歳？　わたくしと　歳しか違わないのよ！）

遠かった存在がとても身近に感じられた。

ロゼブルでのノアは『白い影』という通り名の暗殺者。白い影を見た者には必ず死が訪れると、その名を恐怖と畏怖の象徴とされていた。そんな彼も現在は九歳ということになるわけで……可愛い。

湧きあがったのは純粋な興味だった。

なにせ白髪（はくはつ）という特徴的な人物である。護衛チームのメンバーはその道に通じている人も多く、どこかで会ったこともあるだろうかと軽い気持ちで訊いてしまった。本当に悪気はなかったと信じてほしい。

「あの、守秘義務や企業秘密であれば追及しませんけれど、一つ訊いてもよろしくて？」

「はい、なんなりと」

おもむろに声を上げれば木の陰から返答がある。声は女性のように高く澄んでいた。教えてくれるといって
姿は見せないけれど鍛錬の間は傍にいてくれることをロゼは学んでいた。教えてくれるといって
も彼らは必要最低限しか姿を見せることはない。無論ロゼは彼らの名前すら知らずにいるし、追及しないことが礼儀だと思っている。

「白い髪の、男の子を知っているかしら？」

この世界でも白は珍しく、そう頻繁には存在しないはずだ。

「その、ローゼリア様。何故そのようなことを訊かれるのか、お尋ねしてもよろしいでしょうか……」

歯切れが悪い切り返しにやはりと息を呑む。同業者の情報を漏らすことは禁じられているのかもしれない。すなわちロゼはただの勘違いで済ませることにした。

「深い意味はないの。ただ、白い髪の男の子を見たような気がしただけよ」

古い王宮なのだから怪談の一つや二つ……という流れにする予定だ。しかしこれが止(とど)めとなっていた。

「知っているもなにも、その柱の陰に潜んでおりますが」

（エルレンテ(うち)にいた⁉）

好奇心がロゼを殺した瞬間だ。何も含んでいないはずが、うっかり何かを吐き出しそうだった。ロゼの位置からは木から伸びる腕だけが見えている。その指先はしっかりとロゼの背後を示していた。まさかの展開に動揺しながらも背後を振り返る。

無言の沈黙が続いた。

はたして自分から声をかけるべきなのか躊躇(ためら)うことしばらく。未だ誰の姿も確認出来ないのだが射るような視線の鋭さに身を震わせる。感じる気配の正体は威圧。滅茶苦茶見られている、そんな気配が伝わっていた。

やがて無言の攻防にも終わりが訪れる。静かに柱の陰から姿を現した白髪(はくはつ)の少年は――

（ノア⁉）

その名を口にするほど迂闊ではないが危ないところだった。前世で知るゲームの姿よりも若く幼いが、確かに彼の面影を感じさせる。身体の線も細くどう見ても少年で、背丈もロゼと変わらないほどだ。

ノアという存在を一言で表すのなら『白』と答えるだろう。美しい白髪に目を奪われ、髪がさらりと流れる見た目は儚いという表現が当てはまる。覗く瞳は宝石を閉じ込めたような琥珀色だ。けれど感情は乏しく無機質に映る。

護衛たちはみな同じ黒い装束を纏うがノアの衣装は彼らと異なるものだ。動きやすさを重視した衣装は身体の線にそった構造で、むき出しの腕には白い包帯のようなものが巻かれている。そのせいか他の護衛たちよりも白という印象が強かった。

「あ、あの……？」

いまだに滅茶苦茶睨まれている。

ノアというキャラクターは白髪のせいも相まって作り物めいた美しさを放っていた。夜に生きる身は太陽を知らず、雪のような白い肌は薄い唇を際立たせ、女性顔負けの儚げな容姿は数々のロゼブルプレイヤーを魅了した。

それがロゼの知るノアという人物そのはずが……白い肌には青筋が見えるようだ。長く伸びた前髪から覗く眼差しは儚げというより目つきが悪い系である。琥珀の瞳は苛立たしいという表現がしっくりくるので何をおいても不機嫌さが際立っている。幼少期だとこうも違うのか。

「ねえ」

「はい！」

中性的な声は現在の容姿にぴったりだというのに醸し出す空気は規格外だ。背筋が凍るような寒気を覚えた。そっけない呟きにも殺意が込められており、誰がどう聞いても不機嫌全開と答える。

「ちょっと見破ったくらいでいい気になるな」

「は？」

身に覚えがなく困惑していると、先ほどと同じ声が補足してくれた。

「ローゼリア様、それはまだ研修中の身です」

「研修？」

「まことに勝手ながら、実際に国王陛下をお守りする前に他の王族の方々で陰ながら練習させていただいております。それがこうもあっさり王女様に見破られて、あれは拗ねているのですよ」

（研修、あるのね……）

前世では一般的だった言葉もエルレンテでは初めて耳にした。などと悠長に構えてはいられない。早急に誤解を解き敵意がないことを伝えなければ！

「これは違っ」

「うるさい」

ノアは弁解も聞かずに陰へと戻ってしまった。

「あの、本当に違うのよ」

「黙って」

姿を消してなお口にするのは拒絶である。もはや何を言っても手遅れだった。

いずれ攻略対象と遭遇することも想像していたけれど、最初の出会いがこうも険悪では先行きに不安しかない。険悪よりは友好的な方が良いに決まっている。しかも相手が暗殺者の役を冠する曲者であれば尚更だ。

（わたくし彼の矜持を傷つけてしまったのね）

誓って事故だ。偶然が重なってしまった。けれどノアにとっては関係ないことで、これを切っ掛けにエルレンテに恨みを抱くようなことになったら？

（よくも恥をかかせてくれたね。こんな国亡（ほろ）んでしまえ――なんて言われてしまったら、わたくしどうすればいいの⁉）

有言実行出来そうな暗殺者は怖い。

まるで前世を取り戻した日のように眠れない夜が明けた。書庫へと向かうロゼの足取りは重く、瞼も重く溜息も重い。気を抜くとノアの恐怖ボイスが幻聴となって再生されるのだ。

書庫に着いたロゼはもはや指定席と化しているひときわ奥の角に席を取り、選んだ本を積み上げる。順調に重ねていたのだが、最後の一冊というところで唐突に声をかけられた。

「ねえ」

「ひゃっ！」

盛大に肩を震わせ危うく手にした本を落とす寸前だった。幸か不幸か今回は幻聴ではなく本物だ。

「なっ、なっ――わたくしの前に姿を見せてよろしいの⁉」

基本的に彼らは姿を見せない。それは相手が国王であろうとも変わらないと聞いている。

「どうせ見破られるんだ」

疑心暗鬼か。

「ええと、本当にその件に関しては誤解なのよ」

「……戻ってから俺は笑い者だ。同業でも歴戦の猛者(もさ)でもない、ただの王女に見破られてしまった。一晩中なんて生易しいものじゃない。朝――どころか今も笑われているに決まってる。だから……静かなところを探してた」

大丈夫！　貴方はやがて『白い影』と誰もが怖れる二つ名を授かり比類なき実力の暗殺者になり

ますから！

なんてことは間違っても言えず。ロゼは胸に抱える本ごと最敬礼の姿勢をとった。背筋を伸ばして頭を下げる。角度は深く九十度だ。

「まことに申し訳ありませんでした！」

「え――」

ノアがどれほど目を丸くしているか、残念ながら頭を下げているロゼは気付いていない。

「どうぞ心ゆくまで静寂を堪能してくださいな。この静寂は貴方に捧げます。わたくしもすぐに出ていきますから、どうかエルレンテのことは怨まずにいて下さると有り難く……」

「君、王女だろ」

「一応そのような肩書きですけれど」

「俺なんかに頭を下げるなんて、変だよ」

この間、未だにロゼは頭を下げたままである。

「とりあえず顔上げて」

「本当によろしいの？　わたくしの非礼を許してくださる？」

「最初から君は何もしていないだろ。王女のくせに、そんなことで憂うなんて変だ」

「そう言われてもねえ……」

中身は元日本人である。生まれてから八年分の王族経験よりも、長く生きていた前世の一般人経験の方が根強い。

「それ、読むつもりなんでしょ。ここにいれば」

「わたくしがいてもよろしくて、不愉快ではない?」

「君、どうしてそんなに必死なのさ」

(わたくしの失態で貴方にエルレンテを怨まれたら困るから、なのだけれど……)

それを告げられる相手ではない。

「君は王女だ」

「そうですわね」

すでにここへきて何度も確認されている事実。それほどまでに王女らしからぬと?

「走り込みも体術も、剣術だって必要ないだろ」

「一般的にはそうなのでしょうね」

「へえ、一応わかってるんだ。ならどうしてあんな……」

「あんな?」

「……俺は、王女が走り込みを始めたと聞いて最初、笑った。嘘だと思った」

少し切なくなって曖昧に相槌を打ってしまった。

「俺たち直属護衛の間でもその話題で持ちきりだった」

「そんなに有名な話?」

本人を前に語られると恥ずかしいものである。

「賭けていたんだ。いつ君が音を上げるかって」

「そんなことをしていましたのね……」

護衛たちの知られざる娯楽を垣間見た。

「俺は翌日に賭けた」

「評価低っ！」

お前も賭けたのかという非難よりも評価が低すぎることに驚きだ。

「そうだよ。一日で止めると思った。けど君は今でも走り続けている。雨の日も、暑い日も、寒い日もだ。ついには走るだけでは飽き足らず幼稚な鍛練まで始めた」

「期待に添えなくて悪かったわね。残念、これからも止める予定はないのよ」

「本当に……おかげで見かねた奴らは稽古までつけ始めた」

これは本格的にどういった用件なのだろう。

「もう負けない」

（わたくしが鈍すぎるのかしら……さっきから言われていることがちっとも……）

「二度と君に後れは取らない。だから、良ければ今度……手合わせを、どうかな？」

こちらの様子を探りながらも懸命に伝えようとしている。おそらく誘うことに馴れていないのだ。

（誘う？　誰が誰を――）

「わたくしと貴方が⁉」

ようやく誘われているのだと遅れて理解する。

「嫌なら――」

「嫌なわけがないでしょう！　貴方とてもつよ――く、なる方ですし――、だと思いますもの！

貴方と共に切磋琢磨させていただけるなんて光栄、喜んでよ！」

白い影が稽古をつけてくれるなんて最高の先生だ。

「……ノア」

「え？」

「名前、ノアだよ」

どうして彼は――ノアは教えてくれたのだろう。これでうっかり知らないはずの名前を呼んでしまったという展開は消える。喜ばしいことだ。堂々と彼の名前を呼ぶ権利を得たのだから。

（そう、嬉しいことのはずなのに……わたくしたち、本当は出会うはずもなかった人間なのよ）

小さな棘(とげ)が心に引っかかる。寂しいけれどそれがロゼブルという世界だ。

「呼んでも、許されるの？」

許しがほしかった。自信がなくて、認めてほしくて、零れた呟きは弱々しい。

ノアはまた驚いたような顔をして、そして――

（笑った……）

昨日の刺々しさが嘘のように消えている。

「でなきゃ名乗らないよ。じゃあ、またね。……ローゼリア様」

その瞬間、ロゼは目を見開く。

「ちょっとお待ちいただける⁉」

姿を眩ませてしまいそうな背を食い気味で呼び止めた。

「わたくしのことはロゼと呼んで！」

「けど……」

これでも雇い主の娘であり一国の姫だ。ノアが渋る理由も承知している。それでもロゼは条件反射で呼び止めてしまった。

「わたくしたち、だって、その……」

何だろう。友達というにはどこか違う気がする。彼の誘いは手合わせなのだからもっと――

「好敵手（ライバル）、でしょう？」

未来の凄腕暗殺者様に対しておこがましいかもしれないけれど、攻略対象様に様付けで呼ばれるなんて心臓に悪すぎる。

「ね？」

念を押せばノアは黙り込む。しばらくの間はよほど考え込んでのことだろう。長い沈黙の後、無事に了承をもらえた。

「じゃあね、ロゼ」

（なっ――）

たった一言でロゼの全身は沸騰したように熱くなる。これはこれで心臓に悪い！

（笑ってくれた……わたくしに向けてと、うぬぼれてもいいのかしら……）

眩しそうに目を細めたノアと未来の姿が重なる。成長した彼は間違いなくあのノアに育つのだと実感させられた。そうして書庫には感動のあまり落ち着いて本を読めなくなったロゼが取り残される。

攻略対象の一人と出会えた。しかも認識され名前まで呼んでもらえた。止めとばかりに向けられた表情には時を止められる。全国のロゼブルプレイヤーを魅了した、儚くも美しい青年の片鱗を垣間見てしまったのだ。どんなご褒美かと拝みたくなったし、実際ご褒美だ。

それからロゼとノアは頻繁に顔を合わせるようになる。鍛錬に励むことはもちろん、二人の時間は鍛練だけに留まらなかった。ロゼが一人でいれば決まってノアが声をかけるのだ。いつしかノアが唐突に声をかけてはロゼが震えるというパターンが出来上がっていた。

しかし慣れというのは怖ろしいもので、二年も経てば神出鬼没な未来の暗殺者様にも慣れたものである。

第五章　未来の暗殺者は神出鬼没

「それは何の本?」

ロゼが書庫で読書に励んでいれば脈絡もなく声が降る。一度だけ肩を揺らすも、視界を掠めた白に警戒を解く。

「王宮の歴史がまとめられた本よ。見取り図もあるわね」

ノアの来訪を当然のように受け入れている。それはいつの頃からだろうと考えてみても明確な時期は思い出せない。ただ何となく、ノアが髪を伸ばし始めてから――という気がした。

（そういえばノアの髪、随分伸びたわね）

かつて無関心に伸ばされていた前髪は短く整えられている。せっかく綺麗な顔立ちをしているのだから隠してしまうのは勿体ないだろう。その分多彩な表情を見せてくれるようにもなった。今は伸ばし始めた髪を白いリボンで束ねている。白は汚れやすいというけれどノアからは決して染まらない気高さを感じた。

こうして見つめているとノアといいアイリーシャといい、リボンの似合う人が羨ましくなる。

（わたくしには似合わないもの……）

視線の先ではノアが不思議そうに本を眺めている。

「家庭教師から学んでいるのに？」

「もちろん先生方は丁寧に教えて下さるけれど学び足りないわ。将来のためにはもっとたくさん勉強しておかないとね」

滅亡の種はどこに転がっているかわからない。現実という舞台では難易度が高すぎる。

「たとえば王宮の階段は何段かと訊かれても答えられるようにしたいわ」

「君以外に知りたい人いるの？」

「人生何が役に立つかわからないと伝えたかったのよ。上手く伝えられなかったけれど」

「そっちは？」

「これは語学の勉強用で、今はオルド国の言葉を勉強中なのよ」

「俺が教えようか？」

「貴方オルドの言葉も話せるの⁉」

「うん。話せて当然」

簡単に言うが、およそエルレンテで生活していれば必要のない言語だ。

「貴方凄いわ！　わたくしたち一歳しか違わないのに、ノアはどんな言葉もすらすら話してしまうでしょう？　わたくしも負けていられないわね」

ノアはその前の言語習得においても先生役を買ってくれた人である。

「……大したことないよ。ねえ、そっちは何？」

そっけない呟きと視線を逸らす癖は照れている証。話題を逸らしたがることからも明白だ。

「これは世界地図。他国についても勉強するつもりよ」

「あと、一番気になっていたそれは……」

「カボチャの栽培方法！」

「好きなの？　農家にでも転職するの？」

「他の野菜もあるわよ！」

「そういう問題じゃなくて……君は一体何を学びたいの？」

「なんでもよ！　人生というものはね、何が役に立つかわからないんですからね！」

生まれ変わって乙女ゲームの知識が活かされるのだから。


突然の来訪は書庫だけに留まらない。

「君、こんなところで何をしてるの？」

すなわち厨房を指し、王女の出没場所ではないと言いたいのだろう。

調理長たちは休憩時間のため出払い、その間だけ設備を借りさせてもらった。

「厨房ですることなんて決まっているのよ！」

「君が料理を？」

「そんなに驚くことかしら。確かに料理長には及びませんけれど」

「よく許可が下りたね」

「料理長とはお友達ですもの！　互いに切磋琢磨する間柄です」

「お友達……それって、俺とは違うんだ……」

「えっと、今なんて？」

ノアの声が小さかったのにも問題はあるが、作業に集中していたせいで聞き逃してしまう。

「それ、何してるのって訊いただけだよ」

大したことはないと言うのでロゼも深く気にすることはなかった。それよりも、この状況を説明したくてたまらなかったのだ。よくぞ聞いてくれたとばかりに語りだす。

「お菓子を作っていたのよ！」

「豆から？」

「そう、豆から……」

驚かせようと試みたのだが早々に言い当てられ逆に驚かされる。いったいいつから見ていたのだろう。まずそんな疑問が浮かぶ。何故ならロゼが抱えるボウルに豆の原形は残っていない。

茹でた豆をザルの目を利用してなんどもヘラでこし、皮と分離させる。砂糖を混ぜもう一度火にかけ水を蒸発させてから熱を冷まし、東方から輸入された粉と混ぜ合わせ、さらにはピンクに色付けし元の色がわからない状態だ。初めて目にする人間が豆と認識するためには最初から見ていなければならない。

疑惑の眼差しを向けるもノアが語ることはない。というよりロゼの説明を待っているようだ。

「……といってもまだ試作の段階ね」

「誰かにやらせればいいのに」

「試行錯誤中ですもの、無理難題を押し付けるのは気が引けるわ。それにお菓子作りって楽しいもの」

スイッチを押せば火の付くコンロ、すぐに冷却出来る冷蔵庫といった便利な設備は存在しないけれど、この世界の材料だけで新たな菓子を開発するのは浪漫がある。

「せっかく来てくれたのだし、味見をしていかない？」

「いいの？」

「誰かと一緒に食べたほうが美味しいもの」

「俺なんかよりも、食べさせたい人がいるだろ？」

「貴方ならお世辞は言わないと信頼しています」

「え、当たり前だよね？　不味いものは不味い以外の何物でもない」

「それよ！　それを期待しているの。メイドたちはまずわたくしに気を遣うでしょう？　お兄様にお義姉様、アイリーシャだって公正に欠けているわ。わたくしが求めているのは正しい評価なのです。それに、ここにいてくれるのは貴方しかいないわ」

ロゼは大きな丸い塊から掌に収まるほどの量を手に取る。いずれ彼女が生み出そうとしている菓子は見る者を楽しませる形をしていた。であればこのまま渡すのは味気ない気がする。

「少しだけ待ってもらえるかしら」

両手でこねて生地を整えていく。そうしてノアへと差し出されたものはピンク色のハートを形どっていた。

ノアは困惑したように差し出されたものを見つめている。

「可愛いでしょう？」

ロゼは誇らしげに問う。試行錯誤の末、ようやくピンクの色を作り出すことに成功したので自慢したかった。しかしこの世界には馴染みがないのでノアの反応も当然だ。

「本当は花や植物を作るのだけど、まだ練習中なのよ。忙しい貴方をあまり待たせてはいけないし、簡単な形になってしまったけれど我慢してもらえるかしら？」

ノアはありがとうと告げてハートを受け取る。少しでも力を加えれば壊れてしまう柔らかさに手付きは慎重だ。

「壊すの、勿体ないね」

「意外と可愛いものが好きだったり？」

「可愛いとか、俺には判断つかないよ。でも君が作ってくれたから、これは好き」

「嬉しい！」

ロゼの方が嬉しそうな声を上げていた。貴重なノアの「好き」が聞けたのだ。

ノアは薄く笑い、口に運ぶ。大きくはないので二口で食べ終えた。

「——単純」

「ありきたりな味、という意味？」

小さな反応すら逃すまいと見守っていたロゼは聞き逃さない。

「そうじゃないよ、こっちの話。甘いな……」

「お砂糖を入れ過ぎたかしら？」

「これくらいでいいんじゃない？　俺が甘いと感じたのは……まあ、色々」

「つまり総合するのなら、調整は必要だけれど、完全なる失敗ではないという解釈で間違っていないのかしら」

「うん。また食べたいな」

「ひょっとして気に入ってくれた？」

公開されていたノアのプロフィールは、好きな食べ物『食べられる物』と守備範囲が広すぎた。

実は甘いものが好きなのだろうか。それとも目覚めたとか？

「俺のために作ってくれたのが嬉しかったから……いくらでも食べられそう」

「お菓子はほどほどにね⁉」

攻略対象を太らせた罪深い女にはなりたくない。

「ところで貴方、時間は大丈夫なの？」

「平気。今日は自由にしろって、ボスが言ってた」

ボスというのは直属護衛を取り仕切る人物のことだ。

「つまりお休みなのね。ならずっと訊いてみたかったのよ。貴方お休みの日は何をしているの？」

「何も」

考える間もない即答だ。しかし何もとは……。さらには「なんで？」と訊いてくる。むしろ訊き返したいのはロゼの方だ。

「わたくしが一人でいるとよく声をかけてくれるでしょう。いつ休んでいるのか疑問に思ったのよ」

「迷惑だから？」

「違うわ！」

ノアも驚いていたけれど、ロゼ自身も驚く速さの反論だった。

「迷惑だなんて考えたこともないわ！　もちろん最初はとても驚いたけれど……」

唐突に話しかけられるたびに震えていた日々が懐かしい。

「一人は寂しいもの」

（そういえば、このところ寂しいと感じたことがないわね）

改めてノアと過ごす時間の多さに気づかされる。

「それに貴方、声はかけても邪魔はしないでしょう。ただ、どうしてそこにいてくれるのか不思議には感じています」

「……君、一人になると変だから」

「変!?」

真っ先に浮かんだのは転た寝(うたね)だ。あられもない寝顔を晒していたのかもしれない。

「放っておけなくて……見ていられない、かな？　そしたら自然と声をかけてた。だから君が悪い」

結局ロゼが悪いらしいがノアの語る意味は何一つ理解出来なかった。

ロゼは目の前のボウルを見つめる。ともすれば解釈は自然と料理方面へと傾いていった。混ぜ方がなっていないとか、包丁を握る手つきが危なっかしいだとか、そういうことかもしれない。

「わたくしそんなに危なっかしい？」

「自分で気付いてないの？」

「そんなに酷い、かしら……」

やはりと納得してノアを見つめ返す。前世での教養分、料理の手つきはそれなりだと自負していたはずが自信を失いそうだ。

「確かにね、ノアのナイフさばきに比べたらわたくしの皮むきなんて止まって見えるかもしれないわ」

以前見せられたリンゴの皮むきなんて手品の領域だった。まるで元から皮と身は繋がっていなかったように剥がれていくのだ。そんな相手と比べられても困るが弁解せずにはいられない。

「けれどその分慎重にこなしているし、食材を切る時はちゃんと猫の手なのよ。火傷だってしないように気を付けているし、手順も計画的に行動しているつもりだわ。それから……確かに高いところにある食器を取るのは大変だけれど――あ、もしかしてそれが危なっかしいということ？」

「いや違うから」

だとしたら味か！

「まさか、本当は……貴方の胃袋が強靭なだけで？　リーシャにも食べさせない方が良いと思う!?」

本気であわてだすロゼを宥めたのはノアだ。

「ロゼ、安心して。美味しかったたし、食べたくなければ容赦なく断る。きっと誰が食べても無事。それに君の手つきはとても子どもとは思えないほど洗練されていた。もう気にしなくていいよ」

「いえ気になりますけれど」

「内緒」

「貴方はどうして少し嬉しそうなのかしら」

ロゼが頬を膨らませれば纏う空気が和らぐ。むきになる姿が面白いからだと、最後までノアが教えてくれることはなかった。

第六章　姪とピクニック

ロゼが王女であろうとノアには遠慮という文字がない。向かい合って組み手をすれば逃げ出したくなるような迫力で襲われる。殴るも蹴るも日常、隙をみせようものなら容赦なく足払いだ。嫌なことはきっぱりと断り、無理なものは無理と即断する。

本来はあり得ないどころか許されない行為なのだが、咎めるロゼではなかった。むしろ心地よく感じている。自らもまた飾らずにいられることは安らぎとなり、いつしか何よりの楽しみとなっていた。

それほどまでに楽しみにしていた時間である。なので、その日、約束を破ることになったロゼは落胆していた。

「ノア、ごめんなさい。わたくし明日の鍛錬には行けなくなってしまったの」

鍛錬については事前に日取りを決めている。しかし時として急な予定が入ることもあった。

ロゼが表情を曇らせればその分だけノアが笑う。無表情キャラと銘打たれていたはずが、彼はよく笑うようになっていた。

「いいよ、気にしなくて。君が心から残念に思ってくれるだけで俺は嬉しいんだ」

「本当にごめんなさい。急に晩餐会の予定が入ってしまったの」

「仕方ないよ」

ノアはきちんと理解してくれたのに、未練を引きずっているのはロゼの方だ。

「そうだわ！　もし時間を変更してもらえるのならリーシャとのピクニックの前に！」

ピクニックと大げさに名付けているが王宮内を散歩して一緒におやつを食べるというものだ。約束はお昼なのでその前に予定を入れても問題はない。

「君、姪とのピクニックを楽しみにしていたよね。俺との鍛練を先に入れたらピクニックの頃には力尽きるよ」

おっしゃる通り、この好敵手（ライバル）は鍛練となれば容赦がない。さんざん自慢した後では楽しみにしていることは筒抜けだ。


翌日、ロゼは密かに厨房にこもりアイリーシャと食べるおやつを用意していた。けれどロジがどこにいようと好敵手には筒抜けである。

「――ぼーっとしてる。ロゼ、それ塩」

「え――えっ⁉」

かろうじて塩の部分に反応し手を止める。まさかそんなベタなと手元を確認して青ざめた。投入していたら大惨事だ。これではノアに危なっかしいと言われるのも頷ける。

「ありがとうノア！　貴方リーシャの恩人だわ。しょっぱいものを食べさせて料理下手なお姉様なんて嫌いと言われるところです」

「そんなことにはならないと思うけど、何か心配事？」

「わたくし――……そんなことあるわけないのよっ！　これからリーシャとピクニックですもの。何を憂うことがあるというのかしら？　そこには楽園しか広がっていません！」

「君が強がるなら聞かないでおくけれど」

平然と振る舞ったつもりでもノアにとっては強がりに見えるらしい。

「ロゼ。君が今入れようとしているそれも、多分入れたら事件になるよ」

「……おっしゃる通りです」

料理に無頓着なノアに指摘されるほどである。白という共通点がある塩ならまだしも赤い香辛料はないだろう。気を引き締めて調理に当たらなければアイリーシャを悲しませることになる。

「ノア、リーシャの食の安全を守ってくれたお礼も込めて、時間があるのなら出来上がったクッキーを味見していかない？」

返答に迷うことの少ないノアが珍しく躊躇している。よほど味の心配をされていると感じたロゼは急ぎ付け加えた。

「あの、これはおそらく、間違えてはいないはずよ！」

「ありがとう。でも、今日はごめん」

「そうよね。貴方にもお腹の都合があるのだから、気にしなくて、大丈夫よ……」

（いつも食べてくれるノアが断るなんて、わたくしよほどの失態を犯している？　指摘されるより前にとんでもない物を入れていたのかもしれないわ！）

いよいよアイリーシャに嫌われる未来が現実味を帯びてくる。

（まずは味見をやり直して――）

そんなロゼの不安を決定付けるようにノアは告げた。

「また今度、俺のために作ってくれたら嬉しいな」

「任せて！　もう失敗しないんだから。貴方にはいつも助けられているもの、いくらだって作るわよ！」

「うん。楽しみにしてる」

クッキーを一瞥してノアは背を向ける。ロゼはそのクッキーを睨み付け、挑む。


ロゼはバスケットにサンドイッチとお菓子、紅茶のポットとティーカップを詰めてアイリーシャの元へ向かう。無事アイリーシャの食の安全は守られた。

離宮に着いたロゼを真っ先に出迎えてくれたのはミラだ。

「ローゼリア様、この度はお忙しいところ申し訳ありません」

ロゼの王宮内での日常は家庭教師から教わる勉学、幼くとも出席義務のある公務、そして将来のために自主的に学ぶことと、ミラの目から見ても忙しそうに映るのだろう。そのため、申し訳ないという表情だ。

「娘がぜひローゼリア様と一緒がいいとせがんでおりまして……。娘の我儘を聞き入れて下さったこと、心より感謝致します」

しかしロゼにとっては姪の成長を見守ることも大切な日課である。

「迷惑だなんてとんでもないわ。リーシャと過ごさせてもらえるなんて願ってもないことよ。それとお義姉様、何度でも言いますけれどそんなに畏まらないで下さい。わたくしたちは家族も同然なのですから」

あくまでもミラは男爵家出身の王妃として、王族であるロゼを敬おうとする。もちろん必要な場面もあるだろう。しかし二人きりの部屋では寂しいばかりだ。

「私ごときが家族だなどと、おそれ多いことですから」

「家族だと思っていたのはわたくしだけでしたのね……」

意図して悲し気に目を伏せれば効果は抜群だ。兄の妻、そしてアイリーシャの母となればロゼにとっては大恩人と同義である。それらを差し引いてもロゼはミラを尊敬しているので気軽に打ち解けたいと思うのだ。

「お、おそれ多いと、その、有り難く……幸せすぎて！　私こんなに幸せで、いいのでしょうか……」

「この幸せは貴女が努力して勝ち取ったものです。存分に享受が許されたものだわ。もっともっと幸せになって、幸せでいいの。そしてレオお兄様とリーシャをたくさん幸せにしてあげて」

「はいっ！」

涙ぐむミラにハンカチを渡し、ところでとロゼは周囲を見渡す。これだけ話していてもミラの姿しか確認出来ないのは不思議だった。

「リーシャはどうしているの？　姿が見えないけれど、まだ支度中なのかしら」

「それが……待ちきれないからと、外におります」

困ったようにミラは外へと視線を逸らす。

「外？　え、もう外にいるの？」

いくらなんでも早すぎる。このわたくしが時間前行動で後れを取るなんて不覚――などと悔しがる次元ではない。

「お邪魔しましたわ、お義姉様。わたくしもすぐに向かわせていただきますっ！」

バスケットの中身を崩さないよう慎重に、なおかつ最速でアイリーシャを追った。

アイリーシャはまだ四歳だ。いくら暖かい気候とはいえ身体を冷やしてはいけない。子どもは体調を崩しやすいのだから、たとえ過保護といわれようが心配する。

庭園に下りたところでロゼは小さな背中を見つけた。

「リーシャ⁉」

「おねえさま！」

ミラの面影を宿す少女は満面の笑みを浮かべて振り返る。若干のたどたどしさを残した『おねえさま』には抑えきれない喜びが込められており、録音しておきたい衝動に駆られた。もちろんそんな文明機器は存在しないので悔やまれる。

（おねえさま……わたくしお姉様でよかったわ……）

身体中に染みわたった『おねえさま』がロゼを癒す。

ロゼが叔母であると理解しているのかはともかく、ロゼお姉様と呼び慕ってくれるのだ。妹がいたらこんな感じだったのかもしれない。アイリーシャにしても六歳年の離れた女性は姉のような認識なのだろう。

（たとえお兄様でも全力で喜びましたけれどっ！）

幼いうちは発音しにくいだろうに呼ぶといって譲らないのだ。くすぐったくもあるが、必死になる姿を見ているのは微笑ましかった。ミラいわく何度も練習しているのだとか。

振り向くと同時にアイリーシャは待ちきれないと自らも走り出す。とたんにロゼの足は縫い付けられた。

それは凄まじい衝撃だった。懸命に走り寄る姿を見せられてはたまらない。こんなに走れるほど大きくなってという四年間の成長ぶりに涙が込み上げる。しかも目的地は自分！

淡いピンクのワンピースは不思議の国へと走り出しそうな活発さだ。ミラ譲りの癖毛はアイリーシャの愛らしさにぴったりと当てはまり、ようやく肩口を過ぎたあたりで揺れている。その度に「おねえさまみたいに伸ばすの！」と意気込んでいた姿を懐かしむ。これがロゼの姪こと未来の主人公アイリーシャ・エルレンテ四歳の姿だ。

「やっとおねえさま、あえました！」

「貴女いったい何分前行動⁉　とても素晴らしい心がけではあるけれど、身体を壊したら大変よ」

「りっぱな、おねえさまのような人になるためです！　それにまちきれなくて、きてしまいました！」

「もう、貴女ったら……」

思わず抱きしめたくなった。責めるに責められない理由でありロゼは天を仰ぐ。

「わたくしと手を繋ぎましょうか。転ばないように気を付けてね」

放っておけばどこまでも駆け出してしまいそうな勢いだ。手を差し出せばふいにアイリーシャが自身を見上げていることに気付く。屈んで目線を合わせて問いかけた。

「どうしたの？」

「リーシャ、おねえさまの手、好きです。大きくて、大好きなの！」

そう言ってアイリーシャは手に飛びついた。本日何度目の衝撃だろう。

（わたくしもようやくリーシャの手を包めるようになったのね）

満足に抱き上げることも出来なかった六歳の自分とは違う。アイリーシャを守れるようになったことが誇らしい。

（けれどリーシャ、それは通常男性相手に言うべき台詞（せりふ）なのよ……可愛いから許しますけど！）

「貴女に褒めてもらえるなんて嬉しいわ。さあ、わたくしたちのお城まで散歩を楽しみましょう」

「はい！」

たった一言の返事にすらロゼは感動を覚えた。元気な返事は基本だと教えたことを忠実に守ろうとしている。

（もう四歳なのね……。貴女はこれからどんな女性に育つのかしら）

ゲームでの主人公は個性豊かというよりは普通の子だった。祖国を失った悲しみから感情表現は乏しかったけれど、攻略対象たちとの触れ合いが彼女に笑顔を取り戻させる。花の咲くような笑顔が彼女の本当の笑顔で――

「リーシャ、今日をたのしみにしていました」

笑顔はすでにここにある。しかも満開。

（いつか貴女も子どもから少女へ、そしてあっという間に大人の女性へと成長するのだわ。いずれわたくしの手の届かない遠い存在になってしまうのね）

すでに寂しいけれど同時に楽しみでもある。その姿を見届けたいという願いが強ければ強いほど勇気づけられた。

たとえどんな女性に成長しようと愛する姪であることは変わらない。それがロゼの真実であり、叔母さんなんて嫌いだと言われても大好きと言って抱きしめる。

片手にはバスケット、もう片方の手にはアイリーシャを伴い、ロゼは色鮮やかな花の咲く庭園を歩く。アイリーシャが転ばぬよう歩調を合わせ、危険はないかと注意を払いながら姪とのひと時を楽しんでいた。

互いに年齢も幼く王女という身分を授かっている。気軽に出歩けるような立場ではないが王宮内であれば自由に歩き回ることも可能だ。幸いエルレンテの王宮は散歩するには十分すぎるほどの敷地を誇り、天気が良ければ外に出て遊ぶことも多い。けれどいつかはと夢を見ることがある。

（いつかリーシャと王宮の外へ行けたなら……。塀に囲まれた箱庭ではなくて、どこまでも続く景色を見ながらお話をするの。草原に寝転がるのも素敵だわ。どこか素敵な場所がエルレンテにもあるといいけれど）

ロゼはあまりにも現実のエルレンテを知らない。そもそも乙女ゲームの世界では亡びていたし、王女は気軽に外出出来ない。学び伝え聞くことはたくさんしたけれど、ピクニックに最適な場所は誰も教えてはくれなかった。


ひとしきり散歩を楽しんだ後の目的地は決まっている。秘密のお城――それは二人だけの合言葉となっていた。

（お城、ね……）

王宮には休憩用にとガボゼが建っている。日本風に言い換えるならあずまやだろうか、柱と屋根で構成された、まるで大きな鳥籠のような建造物だ。

アイリーシャがまるでお城みたいと目を輝かせたその日から二人にとってはお城となった。もちろん存在は王宮の誰もが認知している。大切なのは共通の秘密という気持ちだ。

そのガボゼは温かみのある丸い柱と白一色で構成されている。丸いテーブルとイスまで設置されているので休憩にはぴったりだ。ここでお茶をするのがアイリーシャは特にお気に入りだった。

まずはバスケットからピンクのテーブルクロスを取り出す。固く無機質なテーブルに広げれば、まるで花が咲いたように雰囲気が変わった。用意したサンドイッチを並べ、ティーカップに紅茶を注ぐ。美味しい飲み方からはほど遠いだろうが、アイリーシャは美味しそうに飲んでくれた。

「さあ、召し上がれ」

サンドイッチは薄くスライスした白いパンに果物やクリームを挟んだもの、ソーセージを巻いたもの、ロールパンに切り込みを入れハムやチーズを挟んだものと種類も豊富だ。どれも食べやすいようにと小さめのサイズになっている。

「これ、おねえさまが⁉」

アイリーシャは一目で言い当てる。

「よくわかったわね？」

確かに料理長が作ったとしたら稚拙だ。けれど料理を嗜むという話をした記憶はない。となれば王女が厨房に立つ姿を想像出来るものだろうかと不思議に思う。

「わかります！　だって、おねえさまがつくったものだから」

当然だと胸を張るアイリーシャだが、およそ理由にはなり得ない。けれどロゼにとってはそれだけで十分だった。

「随分と嬉しいことを言ってくれるのね」

ロゼもまた、アイリーシャの作ったものであれば一目で見抜ける気がした。

とはいえ髪型すらロゼを目標としているアイリーシャであれば厨房に突撃しかねない。なんにでも興味を持ち、なんでもやりたがる年頃だ。娘が厨房に立ちたがっていることを知ればミラも困惑するだろう。忙しい義姉を煩わせないためにもこのことは内緒にしておくべきだと判断する。

「けれど秘密の冒険ですもの、お兄様やお義姉様には内緒よ？」

せめてもう少し成長するまでは二人だけの秘密にしておこう。その時になお興味が消えていなければ教えてあげたいと思う。

「リーシャ、やくそくはまもります。ですからまた食べたいです！」

紅茶の作法はメイドが見れば卒倒しそうなほどいい加減。並んでいるのは豪華な料理ではなく簡易なサンドイッチばかり。味の保証なんてどこにもないのに、料理長の方が美味しいものを作れるのに、アイリーシャはこれがいいと言ってくれた。そんな姿がまた愛しくて、喜んでと紅茶で乾杯する。


サンドイッチが次々と消えていく合間に色々な話をした。

今日の晩餐会のために新しいドレスを用意したこと。習い始めたピアノが楽しかったこと。両親と共に手を繋いで眠ったこと。何気ないアイリーシャの日常や、感じたことをたくさん聞かせてもらう。その度にロゼは頷き、それからどうしたのと続きを強請（ねだ）った。

小さなテーブルだ。その分だけ相手との距離も近く、お互いの反応を楽しみながら話すことが出来る。

（食べるのも話すのも自由、堅苦しくなくて好きな分だけ食べられて……まるで昔に戻ったみたい

ね)
特別な日にはお祝いと称して訪れたレストランが懐かしい。メニューを広げて好きなものを頼み、同じ皿から気軽に食べあった。一つ思い出せば感情は募り、買い物のたびに通ったアイスクリームショップまでもが恋しくなる。かつて当たり前のようにしていた行為もこの世界では難しい。

やがて太陽の位置が変わり、おやつのクッキーが待っている——というところでロゼは自身の名を呼ばれたことに気づき周囲を見渡す。

「ローゼリア様!」

遠くに紺のワンピースと白いエプロンをはためかせて走るメイドを見つけた。

「オディール?」

きっちりとシニョンにまとめられているが、彼女の茶色く濃い髪色は遠くからでも認識しやすい。

「お楽しみのところ申し訳ございません」

落ち着いた容貌のオディールが困り顔を浮かべていることから少なくともこの時間は終わりを迎えるのだろう。けれど彼女に罪はないと、ロゼは責めることなく続きを促す。

「いいのよ。それより何か問題でも?」

「それが——」

「ねえ、どいてくれる?」

彼女が口を開こうとした瞬間、遮るような邪魔が入る。苛立ちを隠そうともしない不遜な命令だった。

「も、申し訳ございません！」

オディールは飛びのくように道を譲った。深く頭を下げ、背後の青年を敬う。

身にまとう重厚な装いはいかにも貴族というういで立ちであるが、首元に結ばれた大きなリボンが可愛らしく主張されている。深いピンクの髪は癖が強く波打ち、男性にしては大きな瞳が印象的だ。シルエットは細く、女性的な振る舞いを感じさせる。

この顔立ちに似合うのは本来笑顔なのだろう。しかし残念なことに表情は険しい。鬱陶しそうにオディールを横目に収め、わざとらしく視線を逸らすのだ。愛らしいはずのピンク色の瞳もどこか挑発的に映る。

「ヨハネ？」

ロゼの視線に気づいた彼はすぐに態度を改めた。不快そうな眼差しは消え、吊り上げていた目元はあからさまに和らぐ。

「お久しぶりです。ローゼリア姫」

にっこりと、それはもう大げさなまでに微笑まれた。同一人物かと疑うほどの変わり身であり、天使のような微笑みとはこういう様子を表現するのだろう。

「お元気そうで何よりですわ。けれど到着は夜と伺っていたのですが」

七歳年上のヨハネはエルレンテの要ともいわれる土地を守る辺境伯の嫡男だ。パーティーで何度か顔を合わせたこともある。彼は現在アルベリスに留学中の身であり、今夜の晩餐会に招かれた来賓の一人だ。

「はい、両親はそのように。元々僕は別の馬車で到着する予定でいましたが、一刻も早くローゼリア姫のお顔を拝見したいあまり、想定より早く願いが叶ったようです」

恭しくロゼの傍らに膝をつき手の甲にキスを送る。

(こういう文化にはいまだに馴れないものね)

紳士ぶりは尊敬するが、見上げられている方は落ち着かない。

「おねえさま?」

座っていたはずのアイリーシャが控えめに裾を引く。見知らぬ人物の登場に戸惑っているのだろう。ヨハネの視線はアイリーシャへと移る。

「ご挨拶が遅れ申し訳ありません。アイリーシャ王女殿下。初めまして——と仕切り直したいところですが、貴女様の誕生祝いにご同席させていただいた身です。改めまして、ヨハネ・ブランシエッタと申します」

ロゼの陰から抜け出したアイリーシャは皺の寄っていたワンピースを撫でつけ姿勢を正す。

「アイリーシャ・エルレンテともうします。おあいできてこうえいです」

裾を軽く持ち上げお辞儀する姿は完璧だ。ヨハネさえ見ていなければ良く出来ましたと言って頭を撫でただろう。けれどもう、この場にいるのは叔母と姪だけではない。彼は身内の枠からは外れた人間だ。

「アイリーシャ、この方はブランシエッタ辺境伯のご子息なのよ。辺境伯はね、いつもエルレンテ

を守って下さっているのよ。当代の辺境伯は国王陛下の、貴女のおじい様の信頼も厚くていらっしゃるわ」

一通り説明を終えたロゼはアイリーシャと視線を合わせた。

「風が冷たくなってきたわね。長居をさせてしまってごめんなさい。そろそろ戻りましょうか」

いくら明るく告げたところでピクニックが終わるという事実は変えられず、アイリーシャが泣きだしてしまわないかと心配になる。

「はい、おねえさま……」

アイリーシャが涙を見せることはなかった。けれどその手はぎゅっと握りしめられている。これはアイリーシャが我慢をするときの癖だ。遊び足りないというのは表情を見ればわかる。我慢を強いてしまったことがロゼの胸を締め付けた。

（よくもリーシャとの時間を奪ってくれたわね）

結局のところ、一番の不満を抱えていたのはロゼなのだが。とはいえ王女はお客様相手にそんなことを言ったりはしない。

「長旅でお疲れでしょう？　遠いところ、ようこそおいで下さいました。歓迎いたします」

恨みつらみは押し込めて、改めてヨハネを歓迎した。

（ヨハネ・ブランシエッタ――）

その名をなぞる。

今宵の晩餐会はブランシエッタ辺境伯からの強い申し出によって開催されたもので、たまたま帰省時期の重なったヨハネも出席する運びとなったらしいが、ロゼには絶対出席命令が下されている。となれば推理は容易い。

（いずれわたくしが結婚するかもしれない相手……）

国王陛下の信頼が厚いとはいえ、影響力もあり力の強い辺境伯という地位は厄介なものだ。王女を送り込むことで繋がりを作り御したいのだろう。ブランシエッタ家は王家との繋がりを得ることが出来る。

（これは両家にとって利益のある結婚ですものね）

他人事のような解釈には自分でも冷めていると呆れてしまう。けれどそれが王族なのだと心を切り離さなければ理解出来ないのだ。恋愛結婚を貫いた両親や兄夫婦が特別で、物語の主役になることは簡単ではないと、ロゼは幼いながらに諦めていた。

第七章　婚約者候補襲来

お客様が到着されたのならいつまでもワンピースではいられない。名残惜しさを洗い流すように身を清め、磨き上げられたロゼは鏡の前に立つ。

海のように青いドレスはネックレスが映えるよう首元のあいたデザインが華やかな作りだ。これを着るようにとあらかじめ言い渡されたものである。

好き勝手風に弄ばれていた髪も丁寧に梳かれ、髪にはドレスと揃いの青い花飾りをさす。そうすることで本当に花が咲いているようだと評判になるのだ。

けれど足りない。いくら完璧に着飾ろうと表情が欠けている。にこりともしない瞳は冷たいだけで、ため息を一つ加えれば青は憂いの象徴と化す。どう考えてもただのお見合い。その事実が重く圧し掛かる。

子どもは大人が想定するよりも敏感だ。前世の記憶を所持しているロゼは普通の十歳よりも察しがいい。

（逆にこれまで婚約者の一人もいなかったことが不思議なのだけれど）

生まれる前から婚約者が決まっていてもおかしくない身分である。その理由は単純なもので、誰もが王子だと疑っていなかったのだ。ロゼが生まれた瞬間は大変な騒ぎだったとか。

もちろん両親は娘の誕生を、兄は妹が出来たことを心から喜んでくれたらしい。けれど王宮内は見事な混乱ぶりだったという。用意されていた縁談はすべて白紙撤回となり、話題の王女がどこの誰へ嫁ぐのか、好奇の眼差しが向けられているところだ。

（この世界では当たり前のように婚約者が存在しているのよね）

いくらため息を零したところでロゼにはどうすることも出来ない。感情を切り替えるために無理やり唇を吊り上げてみたけれど酷く不格好だ。けれど練習をしていてよかったと、部屋を出たロゼは痛感する。

そこにはノアがいた。向かいの壁に背を預け、視線にはロゼを待っていたという意図が込められている。

「君、あいつと結婚するの？」

ロゼが話しかけるより早く核心に触れる。さすが直属護衛は耳聡い職業だ。

「それは……」

言葉に詰まり、胸の前で手を握る。他に縋れるものなんて何もない。

「わたくしにはわからないことよ」

曖昧にはぐらかすことしか出来ず情けない。だがロゼには決定権すらないことであり、紡ぐ言葉にまた迷う。

「周囲はそれを望むのでしょうけれど」

「好きなの？」

「随分はっきりと訊くのね」

「回りくどいのは嫌いだから」

ならばこちらも回りくどい発言は控えようと思う。ノアに嫌われることはしたくない。

「何度か顔を合わせたことはあるけれど、恋愛感情を抱くほど親しくもないわ」

「ふうん……」

ノアはそっけなく相槌を打つだけだ。けれどその態度が好ましい。彼はいつもそこにいてくれる。傍で他愛のない話を聞いて頷いてくれる。それがノアだった。

（わたくし、誰かに聞いてほしかったのね）

不満を抱ける立場でないこともわかっている。けれど何も感じずにいるほど淡白でも、良い子でもなかったらしい。

とてもアイリーシャに話せるような内容ではない。兄や両親、義姉は身内だが、この結婚を望む側の人間かもしれない。メイドたちとは良好な関係を築いているが、政略結婚への愚痴なんて話せるわけがない。ロゼが弱音を零せるのはノアの前くらいだ。

「いつまでも王宮にはいられないものね」

「ロゼ、あいつと結婚したらここを出ていくの？」

寂し気な声はずるいと思う。ロゼもまた、初めてその可能性に気付いた。

「リーシャなら、未来の国王陛下ならともかく、わたくしはただの王女よ」

声は震えていないだろうか。

「いずれどこかの家に嫁ぐのが普通なのだわ」

もしも相手がヨハネであればブランシエッタ家に身を置き、辺境伯の妻として彼を支えることが求められる。

「そう……。仕事があるから、俺はもう行くね」

ロゼは初めてノアの存在が消えたことを喜んだ。

（こんな顔、ノアに見られたくはないもの）

きっと酷く落ち込んだ顔をしている。まだ婚約が決まったわけでもないのに気が重いのは避けられない『別れ』のせいだ。アイリーシャ、家族、そしてノアとの別れがつきまとう。たとえヨハネと結婚しなかったとしてもそれが別の誰かになるだけだ。別れは必ず訪れる未来なのだとノアも理解しているのだろう。

（貴方を追いかけて違うと言えたらよかったのに）

けれど追いかけることは出来なかった。たとえノアがこの場に留まっていたとしてもかけるべき言葉を持ち得ない。ロゼはヨハネの元へ向かうしかないのだから。

遅れて——というより彼らが正しいのだが。到着したブランシエッタ夫妻、現国王夫妻、その子どもたちが顔をそろえた晩餐会が幕を開ける。通常の顔ぶれはここまでなのだが、どうせなら賑やかにというヨハネの希望もあってレオナールの妻であるミラと娘のアイリーシャも同席が許されていた。

語らいの内容は辺境伯の治める地についてから始まる。辺境伯が近況を報告し国王陛下が労い、本格的な話し合いは後ほどと約束が取り付けられていた。女性や子どもが同席しているため、話題は政治が絡んだ難しいものからロゼやヨハネへと向けられていく。

それにしても、随所でこれでもかとヨハネの自慢を織り交ぜるブランシエッタ夫人の手腕は見事なものだ。勉強が出来る、特に芸術面では敵う者がいない、将来が楽しみ——彼を売り込むための会なのだと、嫌でも実感させられた。

どうせ逃げられないのなら有益な情報はないかと探りを入れてみる。

「ヨハネはアルベリスに留学していると聞きましたけれど、お話を伺っても？」

「もちろんです。どのような話をご所望でしょうか？」

「そうですわね……とても豊かな国と聞き及んでいますけれど、ヨハネからご覧になったアルベリスはいかが？」

「ええ、おっしゃる通りですよ。貿易や商品の流通が盛んで、留学したかいがありますね。いずれも領地にいては体験出来ないことばかりで退屈しません。見るもの全てが新鮮で、とても良い刺激になっています」

「とても楽しそうにお話しされるのですね。そんなにも違うのかしら？」

大げさに驚いてみせる。こういう演技は得意だと自負しているし、そうすれば相手は気を良くして語るはずだ。

「街並み一つとってもまるで違いますよ」

好奇心旺盛な子どものふりをしていよう。その方が都合の良い場面もある。

「そうですね……エルレンテとの違いを挙げるのなら、建造物が新しいことでしょうか。彼の国は戦争で帝都まで侵略されたこともありますから、古く壊されたものは取り壊し常に新しくしているのでしょう」

壊れたから造り直す。そうして大国へと成長したアルベリスだがロゼはどこか寂しく感じていた。

「いつかわたくしも見てみたいですわ」

（街並みだけなら何度も背景に見ていましたけれど）

ロゼブルとこの世界に差異はないか確認したかったのだ。

アルベリスの街並みは冷たいレンガに覆われている。かつての戦争で破壊された帝都の復旧が進み、近代化が施されているのだ。それはヨハネもまるで違うと答えるほどだろう。馬車が走りやすいように舗装された道は利便的で各々の家も長く保つ。けれど花の一つも映らない背景にけどこか冷たさも覚える。無機質な扉に閉め切られた窓が妙に際立っていた。

「ご訪問の際はぜひエスコートさせてください。友人もたくさん出来ましたから退屈させません。実は皇家の方々とも懇意にさせていただきまして、歳の近い殿下たちとは共に勉学に励んでおります」

「あのアルベリスの殿下たちと？」

ロゼにとってはここからが本題だ。しかしながらブランシエッタ夫人の軌道修正によりヨハネの自慢話へと戻されてしまった。

「ローゼリア様、息子は音楽が得意なのです。先日もヴァイオリンのコンクールで一位をとりましたのよ」

「まあ、それはぜひお聴かせ願いたいですわ」

ロゼが望む答えを返せば当然楽器を持参しているわけで、一同がホールへと赴けばすでに準備は整っていた。専用の劇場ではないけれど王宮内の広さは申し分ない。ダンスパーティーを催す際は生演奏のオーケストラが手配されるため設備は劇場にも劣らない。

こちらへどうぞと促された先には観賞用のイスまで用意されている。

「おねえさま。となり、あいてます」

ミラの隣に座らされたアイリーシャが手招きをしてくれる。

「至急かけつけます」

そう答えればレオナールの表情が強張った。

（残念でしたわねレオナールお兄様。リーシャの隣はわたくしがいただきましたわ！）

ロゼは勝ち誇った笑みを浮かべ、レオナールは人知れず苦い思いをするのだ。


ヨハネが奏でる音は繊細で美しい。けれど旋律には絶対的な自信が込められている。誰にも負けないという眼差しも挑発的だ。力強いのに繊細という、まさに彼を表したかのような音がする。口では謙遜を紡いでいたけれど完璧な演奏だ。ロゼは惜しみない拍手を送った。

様子を窺えばアイリーシャは目を輝かせている。どんなことにも興味を示すアイリーシャであればじきにヴァイオリンも習いたいと言い出すかもしれない。そうなったら特等席で聴かせてもらおう。


「とても素晴らしい演奏でした」

王女はそう告げて優雅に微笑むものと決まっている。もちろんヨハネの演奏に対し嘘偽りはないつもりだが、たとえそうでなくても同じ台詞をはいていたと卑屈なことを考えてしまった。きっぱりと物事を言えるノアが羨ましい。

今はまだアイリーシャも無邪気に笑っていられるけれど、じきそういう世界に足を踏み入れる。お淑やかな王女様、世間はロゼにもそうあることを求めている。

（いずれわたくしの伴侶となる方も、そうあることを望むのでしょうね）

当然だ。この世界はそういう世界なのだから。

（悲しいと感じるのはかつての世界が幸せすぎたせいね）

女性も堂々と意見を主張することが出来た。結婚しても働くことを許されていたし、就ける職業にも平等が掲げられていた。かつての自分であれば結婚を強要されることもなかったはずだ。

「そういえば、アイリーシャ王女殿下も音楽を嗜まれているとか」

傍で囁かれた姪の名がロゼを過去から連れ戻す。ちょうどヨハネがアイリーシャに話しかけているところだった。

「はい。ピアノをはじめました」

「それは素晴らしい！　よろしければ共に演奏する栄誉をたまわることは可能ですか？」

「はい！　がんばります！」

必死に受け答えするアイリーシャのなんと健気なことか。かくしてヨハネとアイリーシャの合奏が催される運びとなり、大人たちは微笑ましい眼差しを送る。

合奏が終わればヨハネはアイリーシャにかまいきりだ。素晴らしいだの、将来が楽しみだの、褒め称えている。

「ヨハネったらリーシャに構ってばかり……」

完全に隣を奪われてしまった。まるでロゼよりもアイリーシャに会いに来たかのような態度である。

「だよな。お前に会いに来たはずなのにあれは……」

いつの間にか傍へとやってきたレイナスが小声で同意する。やはり誰がどう見てもお見合いと判断されるらしい。

「ずるいわ……」

レイナスが顔をしかめる一方、ロゼはより深刻だ。

「わたくしだってリーシャの側にいたいのに！　素晴らしい演奏でしたですって？　まったくもってその通りに決まっているのよ。わたくしだって駆け寄って褒めてあげたいのにっ！」

あくまで小声で叫ぶロゼだが、お客様をもてなすのも王女の務めである。ヨハネがアイリーシャを独占しようとブランシエッタ夫妻のターゲットはロゼである。隙さえあれば取り入ろうとしているのだ。

「――ってお兄様？　ぽかんとしてどうされたの？」

「ああうん、お兄様わかってた。お前はそういう奴だよな」

晩餐会も合奏もつつがなく終え、ここからは所詮大人同士の話し合いという名目でロゼたちは追い出されてしまう。おそらくロゼたちの今後についてが話し合われるのだろう。

「ローゼリア様」

離宮へと向かおうはずのロゼを呼び止めたのはヨハネだ。彼らはこのまま王宮に滞在することになっている。

「少し二人きりでお話しさせていただくことは可能ですか？　どうしても貴女に伝えたいことがあるのです」

ロゼはピクニックを切り上げてしまった罪滅ぼしも兼ねてアイリーシャの部屋を訪ねるところだった。話し足りないアイリーシャを宥め、眠るまで傍にいる約束だったのだが……

「わたくしも貴方とはきちんと話すべきだと考えていました」

両親や大人を抜きにしてヨハネの本音に触れてみたい。王宮内であれば危険もないだろう。

「ありがとうございます。ここでは人目に付きますから静かなところへ、よろしいですか？」

アイリーシャには悪いが少しだけ待ってもらうことになりそうだ。


目的地を問えば二人きりになれる場所とだけ返しヨハネは前を歩く。

「アイリーシャ王女殿下は大変お可愛らしいですね」

何気ないヨハネの呟きにもロゼは全力だ。

（そんなこと言われなくても知っていますけれど⁉）

アイリーシャについて語り合おうというのなら負ける気がしない。こちらはほぼ毎日のように成長を見守っているという優越感がある。

「男爵家出身の女にしては上出来ですね」

棘を含んだ言い回しがロゼを不快にさせる。確かにアイリーシャの容姿は母譲りだが身分は関係ない。

「そういう言い方、わたくしあまり好きではありません」

「へえ……」

ヨハネの纏う空気がわずかに揺れる。けれどロゼは臆さず告げた。

「貴方、ミラの努力を知っている？」

尊敬する義姉を貶されては黙っていられない。本当はふざけないでと大声で叫びたいところだが軽率な行動を控えた結果だ。

「これは失礼いたしました。気分を害させてしまったようですね。申し訳ありません」

「わたくしたち、あまり気が合わないのかもしれませんわね」

次第に王宮が遠ざかる。

両親たちがいる部屋には未だ灯りがともっていた。遠くに見える離宮にも灯りがついている。きっとアイリーシャが眠い目をこすりながら待っているのだ。

「貴方どこまで行くつもりなの？」

「ここでは煩いですから、もう少しだけ――」

確かにロゼたちの耳には演奏が届いている。晩餐会の催しにと呼ばれたオーケストラだ。けれどいくら静かな庭園につこうとヨハネの足は止まらない。

「ヨハネ、わたくし貴方よりも王宮に詳しいつもりよ。忠告するまでもなく見ればわかると思いますけれど、夜の森は危ないの」

もはやこの先には森しかないというところまで来てしまった。

「ああ、そうですね。ではこの辺りで……」

ヨハネはちらちらと周囲を気にしている。よほど聞かれたくない話なのだろう。

「そんなに警戒しなくても他言するつもりはありません」

庭園にはロゼとヨハネだけが向かい合う。生垣に囲まれ夜の闇を纏えば人がいるとは気づかないだろう。

「ローゼリア様は王妃様に似てお美しいですが、少々変わっていらっしゃると評判ですよ。なんでも離宮の周りを走られているとか」

「ご存じないのであればお教えしますけれど、健康は大切なのです。身体が伴っていなければ何も出来ませんわ」

「そういうの、僕には似合わないでしょうね」

ロゼが外を走っている間もヨハネは優雅にヴァイオリンを弾いているだろう。

「お会いしてからずっと考えていました。貴女はまるでアイリーシャ王女殿下をお守りする騎士（きし）のようですね」

「それは本当⁉　まあ、とても素敵な称号をいただけるのね！」

ロゼは本気で喜んでいる。初めてヨハネから送られた言葉を嬉しいと感じていた。ヨハネも皮肉が失敗したと気付いたようだ。

「僕はアイリーシャ王女殿下との婚約を望んでいます」

年が離れすぎているだとか、アイリーシャはまだ四歳だとか、そんなことは問題ではない。何故それをあえてロゼに伝えるのかが問題だ。

「貴方随分とアイリーシャにご執心でしたものね。それで？　わたくしに恋愛成就の応援を乞おうとでもいうのかしら？」

あるいは当事者であるロゼに断りを入れることで誠意を見せたとでもいうつもりか。

「驚かないのですか？」

「気付かないはずないでしょう」

（わたくしだってずっとリーシャを見ていたのだから！）

「僕の狙いに気づいていたと、そうおっしゃるのですね」

「いいえ、貴方の狙いなんて知ったことではありませんけれど」

単なる趣味だ。アイリーシャに夢中で、まったくもって狙いなんて初耳である。

「子どもだと思っていましたが、存外貴女は油断ならないようだ」

ヨハネは何やら考え込み、ロゼに探るような眼差しを向けてくる。

（どうしましょう……勝手に納得して話を進めているところ悪いけれど、わたくし本当に覚えがないのよ⁉）

「僕はあんな辺境の地で終えたくない。だから、貴女ではだめなんだ」

独り言のような呟きが全ての答えだ。ヨハネは勝手に洗いざらいぶちまけてくれた。とても単純な理由にロゼが呆れることもない。

「わたくしと結婚したところで今以上の地位は得られない」

「年下の癖に、本当に厄介な人ですね」

ヨハネの仮面は剥がれかけていた。ならばロゼも遠慮はやめることにする。

「貴方の言い分はわかりました。この縁談に関してはわたくしからお断りしてあげる。もちろん丁重に断って差し上げてよ」

「それも僕にとっては問題なんだよ！」

「難しい方ねえ⁉」

「貴女は王女だからそう言えるんだ！　でも僕は、貴女との結婚を望まれている。少しでもいい家と繋がりを持ちたくて両親は必死なんだ」

「つまりこうおっしゃりたいのね。わたくしとは結婚したくない。けれどわたくしから断ってもいけない。あくまで王家側の事情での破断を望み、なおかつアイリーシャ王女殿下との婚約を望まれると？」

「そうだよ！」

どんな贅沢だとロゼは半眼だ。仮にヨハネがアイリーシャを心から愛しているというのなら試練にかけた上で認める可能性もなくはない……かもしれないが、これでは認められない。

「だから、貴女は邪魔なんだ。貴女はいらない」

「好き勝手言ってくれるわね」

感情的なヨハネを宥めるよう静かに話しかける。これではどちらが子どもかわからない。

恋をしていたのかといえば違うといえる。けれどこの言葉は確かにロゼの心を揺さぶった。これまで頑なに耐えてきた何かが壊れたような気がする。黙っていれば感情が溢れてしまいそうで、惨めになりたくなくて必死に言葉を探した。

「そういうの、止めた方がいいと思います」

「は？　何をだって？」

「貴方の思想全部ひっくるめて、です。わたくし貴方のような方をたくさん見てきましたけれど、そういう方は総じて――」

「うるさい、うるさいんだよっ！」

それが合図であるかのように人影がロゼを取り囲む。相手は四人、それもエルレンテ王宮の兵士と同じ服装をしていた。

「貴方たち、どこから入ってきたのかしら？」

しかしロゼは動揺することなく偽者だと見抜く。

「何故偽者だと？　貴女を裏切っただけかもしれませんよ」

「自分の家で働く人の顔くらい覚えていて当然ね」

「そうですか、ますます気が合いませんね。ああでも、声を上げても無駄ですよ。ちょうどいいところですからね」

有利にことが傾き始めたせいか饒舌だ。そのためにこの時間を、この場所を選んだと彼は言う。

「両親には二人で姿を消しても探さないよう事前に伝えておきました」

「用意周到なことね。それで彼らはどちらさまなのかしら？　お客様の素性くらいは聞いておきたいのですけれど」

「留学先の友人です」

「随分とお友達が多いのね」

「人徳がありますから」

「財力の間違いではなくて？」

（アルベリスですもの、こういう人たちもたくさんいそうだわ……）

油断していたと認めるしかない。ヨハネが凶行に及ぶとは考えが及ばなかった。

光を遮るように取り囲まれては突破も難しい。ロゼの背後には薄暗い森があるだけだ。

（逃げないと……でも、どこへ？）

ヨハネは一人で王宮にやってきた。手駒を潜り込ませているのなら他にも仲間がいるかもしれない。

誰を頼っていいのかわからないことが恐ろしかった。けれど迷っていては手遅れになる。前に進めないのなら後ろしかない。

「あ、お兄様！」

ロゼは何かに気づいたようにはっとして、ヨハネの背後へと視線を投げかける。

そんな、まさか——と慌てたヨハネが自称友人たちと視線を追う。けれどそこには誰一人いなかった。

(まさか成功するなんて!)

ロゼは迷わず森へと駆けだした。勝ち誇った笑みを浮かべる余裕がないことが残念でならない。

対して一同は呆気に取られていた。しばらく何が起こったのか理解さえ出来なかった。騙されたのだ。そして王女は全力疾走で森へと姿をくらまそうとしている。

いきなり王女が芝居を打ってヒールで森へと走り出したのは想定外だったらしい。存分に固まっていてもらおう。

「お、追え!」

我に返ったヨハネの叫びが遠くで聞こえた。

第八章　真夜中の攻防

ロゼは夜の森を走り続けていた。

(どうしてこうなってしまったのかしら!?)

王宮内なら、相手がヨハネなら——油断が招いたロゼの失態だ。ただの晩餐会のはずが、まるで狩りのような有様である。しかも自分が追われる立場なんて遠慮したいところだ。

「王女の癖に！」

「やけにすばしこいぞ」

「本当に王女か⁉」

（王女ですっ！）

心の中で狩人たちにひたすらツッコミを入れる。とても王宮まで届く距離ではないため彼らにも遠慮がない。

（わたくしの脚力だけで振りきれるかしら……）

木の陰から様子を窺う。目の届く範囲に彼らの姿は見つからないが森の出口には見張りがいるとみて間違いない。どうにかして逃げ切り、この危機を誰かに知らせなければならない。

押し寄せる不安のせいで悪い想像ばかりが浮かぶ。アイリーシャが好きだと言ってくれた手は震えていた。

（きっと最悪は死……）

鍛錬を重ね、強くなったつもりでいた。それなのに、押し寄せる恐怖で身は竦み、対峙する勇気もない。これでアイリーシャを守れるようになったと豪語するのだから笑ってしまう。

国が滅亡するのなら自分は死んでいる。けれどそれは遠い未来のことで、滅亡させないと決意を固めたはずだった。そのせいか、いつしか遠いことのように考え始めていたのかもしれない。

（わたくしは、ローゼリアはこんなところで死んでしまうの？）

だからゲームに登場していなかった？

アイリーシャに思い出してもらえなかった？

こんな、ゲームと何も関係のないところで？

歪み始める視界に気づいて情けないと手の甲でこする。せっかくの化粧が崩れようと関係ない。

（冗談じゃありませんからねっ！）

前を見据え、ロゼは再び走り出す。木の根につまずいてもすぐに体勢を立て直した。


街を見晴らす丘に建つエルレンテ王宮だが無駄に広い。けれど本当は無駄なんてことは何一つないのだとロゼは学んでいる。その一つが王宮の背後に広がる森の存在で、これは逃亡に適している。森に姿を眩ませてしまえばすぐに見つかることはなく、あらかじめ身を隠すのに適した場所も作られている。なんとかそこまで辿りつければという勝算もあった。

けれど深い闇を眼下に躊躇いが生まれる。とはいえ悠長に道を選んでいられる状況ではなかった。

（ここで撒くしかないのだわ！）

上手く落ちなければ痛いでは済まない。しかし喧騒に紛れて音を立てるなら機会を見送れない。

決して叫んではいけないと覚悟を決めて、ロゼは飛び降りた。


もちろん死ぬような高さではなかった。明るいうちに何度か様子を確認したこともある。けれど真っ暗な闇の中では奈落に飛び込むような恐怖だ。

（いった……くない？）

想像よりも痛くない。しかも妙に柔らかく、とても土の上だとは思えなかった。

何度か瞬きをしたロゼは地面に激突したわけではないと把握する。しかしクッションを置いた記憶もない。よくよく目を凝らせば僅かに人の輪郭らしきものが浮かんだ。

「――って、ノア⁉」

なんとノアを押し倒すように乗り上げていた。彼のおかげで衝撃が和らいだとみえる。

「緑の髪が見えたから、君だと思って」

「まさか、追いかけてくれたの？」

彼らは仕事柄、夜に活動しやすいよう夜目を鍛えている。そこまでは理解した。けれど理由がわからない。

（わたくしは国王陛下ではないのに……って、あら？）

「貴方、仕事だと言っていなかった？」

来賓が多ければそれだけ危険が増すことになる。ノアも駆り出されることになったと聞いたような……。

「抜けてきた」

「い、いいの……？」

「さあ」

「さあ⁉」

気まずそうに視線を逸らすところからも、とても「さあ」で片付くような問題ではないことは明らかだ。

「後でわたくしも一緒に謝りますからね！」

必要とあれば国王陛下にも掛け合おう。

「そんなことより来て！」

どうでもいいわけないでしょうと喉まで出かかった言葉は言わせてもらえなかった。有無を言わさずノアが身体を引き上げてくれる。そのまま手を引かれ、ロゼは躊躇うことなく頼もしい背を追った。

（わたくし当然のようにノアを信頼しているのね）

もう怖いと感じることはなかった。誰を頼ればいいのか迷っていたはずが安心している。それほどまでにノアの存在が大きくなっていたことを実感した。


草木を払い奥まったところには洞窟がある。誘われるように中へと進めば、枝や葉で巧妙に隠された入り口を見つけた。開けば小部屋と呼べるほどの空間が広がっている。内側から入り口を塞げばまず外から気づかれることはないだろう。

「あれだけ大勢いて王女一人取り逃がすなんて素人だね。揃いも揃って使い物にならないよ。あの程度の相手にならら見つかりっこない」

彼が言うのであればそうなのだろうと納得する。

「俺が片付けてもよかったけど、始末していいのかわからなくて……」

「だめよ⁉」

「そっか、良かった。殺せばいいのか、痛めつければいいのかわからなくて、だからまずは先に君を追いかけることにした」

「判断を仰いでくれてとても嬉しいわ。ぜひ殺さない方針でいきましょう！」

「わかった。なら、今日はここで過ごそう。見つかると厄介だ」

ノア一人ならどうとでもなる場面なのだろう。足を引っ張ってしまったことが申し訳なかった。

「寒くない？　さすがに焚火は出来ないけど」

「平気よ！　エルレンテが温暖な国でよかったわ」

また気を遣わせてしまったことが心苦しくて、精一杯元気を振り絞った。

「ノア、わたくしまだちゃんと伝えていなかった。助けてくれてありがとう。本当に、来てくれて嬉しかった」

ロゼとしては抱えていた想いを打ち明けられて肩の荷が下りた。けれどノアはそれきり目を伏せてしまう。

「俺、おかしい。どうして……大事な仕事なのに、自然と身体が動いてた。一人は寂しいって、君が言ったから？」

「覚えていてくれたの？」

「だって君、一人になると見ていられない」

「それは前にも話していたわね」

結局最後まで教えてもらえなかったけれど。

「うん。君、寂しそうだから」

「わたくしが？」

「人前では明るく笑うくせに、一人になると暗い顔してる。俺が見せられるのはそんな表情ばかりで、だから放っておけない。ほらね、君のせいでしょ？」

「わたくしの、せい……」

お前のせいだと叫ぶヨハネの姿が甦る。

（違う、ノアとヨハネは違うのよ！）

別人だとわかっているのに一度芽生えた感情は拭えない。

「ロゼ、どうしたの？　心配しなくても俺が守るから安心して――」

「うそよ……」

「嘘じゃないけど」

不貞腐（ふてくさ）れたようなノアの声も気にならない。わざと捻くれたことを口にしている。自分はどこかおかしいのだと感じていた。でも――止められない。

「貴方も、貴方だって……みんなリーシャがいいのだわ」

「えっと、ロゼ？」

「変わり者だと囁かれる王女よりも、未来の国王陛下の伴侶の方が魅力的なのね」

次第に溢れたのは感情か涙か――

ノアが驚くのも無理はない。泣いたのなんて前世を思い出して以来だ。この涙はアイリーシャへの嫉妬ではなく、自分への不甲斐なさが形となったものである。

「リーシャがいい⁉　そんなこと言われなくたって知っているわ！」

「ねえロゼ――」

「わたくしだってリーシャが大好きなんだからぁ！」

ノアが口を挟む隙もない。人目もはばからずに泣き叫ぶなんていつ以来だろう。叫びながら、ロゼは次第に自分でも訳が分からなくなっていた。きっと誰もアイリーシャという存在を超えられない。そんな超越した存在なのだとわけのわからない結論に達する。

「だからわたくしなんて適当に片付けられてしまうのよ！」

「えっと、片付けって何？」

「大臣たちが話しているのを聞いてしまったの。わたくしが先に嫁がなければ体裁が悪いのよ。だからさっさと出て行けと言うのでしょう⁉」

「ロゼ、頼むから落ち着いて」

「刺繍やお稽古に勤しんで、家のために尽くして、それも大切なことだとわかっているの。けれどわたくしが花嫁修業をしていたら誰が運命を変えるの？　誰がリーシャを助けてくれるの？　ヨハネ、貴方⁉　貴方がリーシャとこの国を守ってくれるのなら祝福もするけれど……」

きっとヨハネは違うのだ。

「わたくし……どうして――どうすればいいの？」

誰にも打ち明けられない秘密があった。そのためには一般的姫君に求められる淑やかな振る舞いだけではだめなのだ。けれどロゼを拒絶したヨハネではこの秘密を受け入れてはくれないだろう。

「どうすればよかったの？」

「ロゼ！」

涙に濡れた頬をノアが包む。包むというより押しつぶされた勢いで潰れた声が出た。

不機嫌を隠そうともしないノアはまるで初めて出会った時のように気配だけでも凄まじいものがある。何故気付かなかったのだろう。どうしてすさまじく怒っているのだろう。

「聞いてって、ずっと言ってるんだけど」

なるほど度重なる無視に我慢の限界がきたらしい。未来のノアは淡白で、時の流れがゆっくりという雰囲気なのだが若かりし頃は短気とみえる。強引に視線を合わせ、言い聞かせるように一言ずつ丁寧に紡がれた。

「俺は、ロゼがいい」

「え――」

すっかり涙は止まっていた。それどころか時さえ止まっていた。

どこまでも純粋で、彼には嘘がない。悪く言えばそっけなくも感じるけれど、これがノアだとロゼは知っている。だから何も問題はなかった。

「王宮に閉じこもっているお姫様よりロゼがいい。でないと一緒に鍛錬出来ない。それに料理も作ってくれないんだよね？」

「あ、そ、そう……そうね……」

程よいはずの気候が暑さを増していた。涙はとっくに蒸発してしまったみたいだ。

「良かった。泣き止んだ」

ノアは笑ってくれた。笑顔の消えたロゼの代わりとでもいうように、存分に見せてくれる。

「こんなの、ずるいと思うわ……」

涙も止まるに決まっている。ヨハネに突き付けられた現実から湧きあがるものは涙と共に流れてしまったようだ。もう胸が苦しくなることはない。

「君が泣くから注意するのが遅れたけど、むやみに男についていかない方がいい」

「深く反省しているわ。考えが至らなかったなんて、言い訳をするつもりもありません」

「君は優しいから誰にでもついていきそうで心配」

「さすがに誘拐犯と親族の区別はつきますからね⁉」

「俺には君を呼び出す権利はないのに……」

「どういうこと？」

「君は一人でいることも多いけど、同じくらい誰かと一緒にいる。だから話したいことがあってもすぐには会えないのに……あいつは簡単にロゼを呼び出せるんだね」

ノアは深刻そうに語るも対するロゼの反応はけろりとしていた。

「どうして？　いつでも呼んでくれていいのよ。だってわたくしたち――」

ノアはこの場にいる理由を欲しがっていた。まるで追い詰められているように不安げで、ロゼは何か告げなければという使命感に駆られる。加えて彼はロゼを呼び出す権利を欲していた。その二つを同時に解決出来る言葉を閃いたのだ。

「お友達ですもの」

脈絡のない発言かもしれない。けれどすべてに納得がいく答えはこれに尽きる。

「友達？」

「ええ、友達のことは放っておけないと、わたくしは思います。だから貴方は来てくれた。それに友達なら、いつでも会えるのよ」

だから何もおかしいことはないとノアに伝えたかった。

「そっか……俺たち、友達なんだね」

「今更のような気もしますけれど」

二人で笑い合う。夜の森も一人でないことが心強かった。

「確かに時間を作るのが難しい日もあるわ。けれど友達と約束をするのはおかしなことではないもの、いつでも呼んで。わたくしは最大限応えたいと思う。友達なのだから遠慮はいりません」

「友達、そっか……でもそれは君の一番じゃないよね？　君の一番は、優先されるのはいつだってあの子だ。それに俺は、ただの影でしかない……」

「ただの影は言葉を返しても、慰めてもくれません。けれど貴方は違うでしょう？　それにね、貴方わたくしの一番はリーシャだと言うけれど、わたくしリーシャにだって言えないことはあるのよ。それにリーシャの前だったら……こんな風に思い切り泣いたりしないんですからね⁉」

年上として、叔母としての矜持がある。

「そうなの？」

「こんなことノアにしか言いません。他の人には……恥ずかしくてとても見せられないもの」

今の今まで泣き叫んでいたという失態を思い返してロゼは顔を覆った。

「貴方には情けない顔をたくさん見られているのでしょう？　一つくらい増えたところで評価は変わらないわよね？」

指の隙間からそっと様子を窺う。

「もちろん。全部俺の知ってるロゼだよ」

弾んだ声と優しい笑顔に救われた気がした。


じっと肩を寄せ合い、どれくらいそうしていただろう。おそらく時間は深夜を越えているはずだ。次第に重たくなる瞼に抗うことが難しくなる。

「寝たら？」

大げさに首が傾いてはいよいよノアに指摘された。

「ま、まだまだ頑張れるわ。完徹したことだってあるんですからね。それに貴方だって眠たいでしょうし、わたくしが巻き込んだのだから一人だけ休むことは出来ません」

「途中で見張りを交代すればいいよ。君が先に眠って」

その提案に不謹慎だが期待した。

（ノアの寝顔はゲームでも見せてもらえなかったのよ⁉　貴重だわ！　わたくしこれから貴重な体験をさせてもらえるというの⁉）

「そういうことなら任せて！」

寝る体勢を整えたところでノアは羽織っていた外套をかけてくれる。いくら暖かな季節とはいえドレスで抜け出してきたロゼには有り難いものだった。優しい温もりに眠気が訪れる。

「俺は、俺じゃあ君の一番にはなれない？」

（ノア……？）

呟きは夢か現（うつつ）か判断に困るもので、目覚めた時にはすっかり忘れていた。それよりも、ロゼには重大な問題が生じていた。ノアに騙されたことを悟ったのだ。

緑の気配が混じる朝の森は清々しい空気に包まれている。しかしロゼの表情は清々しいとはかけ離れていた。

「わたくしは猛烈な不満を抱いています」

「だろうね。そういう顔だ」

「どうして起こしてくれなかったの⁉　わたくし一晩ぐっすりと眠ってしまったのよ！」

おかげでゆっくり身体を休めることが出来たけれど。

「俺は一晩くらい寝なくても問題ないから」

「理由になっていません。不公平です」

「ああ言えばこう言う」

「それは貴方もよ！」

互いに一歩も譲るつもりはなかった。

「なら、王女殿下の安眠を守った褒美として一つだけ、いい？」

そういうことなら恩に報いることが出来るとロゼは意気込む。

「なんでも言ってちょうだい！」

「嫌なら立ち向かって」

しばらく何を言われているのか理解出来なかった。

「君、あいつと結婚したくないんでしょ」

あいつ、結婚というキーワードからヨハネとの縁談だと推測する。

「したくないというのは少し違うけれど……」

今はまだ結婚している暇がないという状況だ。

「なら立ち向かって、足掻いてよ。大人しく甘んじるなんて君らしくない」

「らしくない？」

自分らしいとは何か、そんな哲学的なことを考えさせられる。

「俺の知ってるロゼは黙っていないから」

代わりというようにノアが代弁してくれた。

「そうなの？」

力強く頷いてくれる。ロゼよりも自身を知っていると言いたげだ。

混乱しているロゼの顔を朝日が照らす。

「あ!!」

ちょうど昇り切ったところでロゼは眼を剥いた。哲学うんぬんなんて霧散するとびきり爽やかな太陽の光だ。

「ねえノア。わたくし将来よりもまずは目先の無断外泊についてどう言い訳をするか考えるべきではないかしら……」

「そうかもね」

否定してほしかったのだが現実のようだ。

両親はもとより、レオナールは静かに怒っていそうだ。レイナスからは普通にお説教されるだろう。アイリーシャは……約束を反故(ほご)にして泣いているかもしれない。

(わ、わたくしどうやって償えば……)

ヨハネの罪が一層深まった。

第九章　事件の顛末

ノアの手を借りながら森を抜けたロゼはレオナールの姿を認める。目が合うなりロゼはまずいと頬を引きつらせたが、予想に反してレオナールが怒りを表すことはなかった。

「ロゼ！　無事ですか⁉」

レオナールは駆け寄るなりロゼを抱きしめる。

「お、お兄様⁉」

「リーシャが、お姉様がいないと泣き出すものですから、心配しましたよ」

「心配、して下さったのですか？　わたくしてっきり、勝手に抜け出したことを怒られると思っていたのですが」

「事情は陛下から聞いています」

護衛たちを動員してくれたのだろう。ということは、ノアは知っていた？　だとしたら事前に大丈夫だと説明してくれてもよかったのではないかと恨みがましく隣を見遣る。

（そうよね……。ノアは影、いつまでも隣にはいられないのだから）

あるべき場所にその姿を見つけられずに落胆する。

するとレオナールが声を潜めた。

「彼らのおかげで騒ぎは公（おおやけ）となっていません」

「そうでしたのね……。けれどわたくしの軽率な行動でお騒がせしたことは事実ですから、反省しています」

「いえ、謝るのは私たちの方です」

「お兄様が？」

「お前はさぞ辛い思いをしたことでしょう。ですがこの事件は陛下の右腕ともいえるブランシエッタ辺境伯のご子息が招いた事態。息子とはいえ、国の要である辺境伯につけ入る弱みを公にすることは出来ないとの決定です」

もっととんでもない発言を想像していただけに拍子抜けしたくらいだ。

「お兄様が謝ることではありませんわ。さすがに黙ってヨハネと結婚することは難しいですけれど」

さりげなく結婚の話をなかったことにしてほしいと主張しておく。

「もちろん陛下もそのつもりですよ。ヨハネに大切なお前を任せられるはずありません。ですが、知っていたのですね」

「それくらい幼くともわかります。ところでヨハネと話すことは出来るのかしら?」

「彼と話を? 辛くはありませんか?」

「愚痴なら一晩たっぷり聞いてもらいましたから、文句の一つも言ってやりたいくらいには元気です」

「なら急いだ方がいい。今頃は陛下から罪状に相応しい処罰を与えられているはずです」

「なんですって⁉」

寝て冷めたら決着がついていた。

「国外追放は免れないでしょうから、両親共々早急に王宮を去るよう言い渡されるはずで――ってロゼ⁉」

ロゼはさっさと駆け出していた。背後でレオナールが焦っていようと関係ない。

ところがすでにヨハネは国外追放との処罰を言い渡された後だった。ひとまず領地へと送り返されることが決まり、馬車を手配しているらしい。王は父としてまず娘の無事に安堵するのだが、それよりもとロゼは要求を唱えた。

「当事者のわたくしを除け者にして判決だなんてあんまりです。国外追放なんて、そんな――可哀想なことしないで！」

涙ながらに訴える。今後も父の前では年相応の少女を演じ切ろう。

取り付けた新たなヨハネの処遇を手にロゼは声を張り上げる。

「ヨハネ！」

馬車に乗る寸前のヨハネが驚いて振り向く。

「なんだと⁉　まさか……ローゼリア様⁉」

つられるようにブランシエッタ夫妻も振り返る。さらには監視のために配置されていた兵から、誰もかれもが現れたロゼに注目していた。事件の被害者である王女が、ボロボロのドレスを纏い加害者を呼び止めては何事かと慌てもする。

「お待ち――、なさい！」

ロゼが息を整えているうちに頭を下げたのはヨハネの両親だ。

「ローゼリア様、この度は息子が大変なことを！」

夫人は涙を流して謝罪する。たくさん息子の自慢を聞かされたからこそ、彼女の息子への想いは伝わっていた。

「軽率に赦すとはいえないけれど、もういいの。謝罪ならわたくしの分まで陛下が聞いてくださったと思うわ」

夫妻は計画には無関係だと聞かされている。ロゼは夫人の背に手を当て慰めた。たとえ彼らの教育が現在のヨハネを生み出したのだとしても、これ以上夫妻を責める気はない。

「それよりも、わたくしは彼に話があります」

毅然とヨハネを見据える。

「別れの挨拶もなしに去るなんて随分と薄情なのね」

「何しに来た」

霞むように小さな声は得意げに語る晩餐会での姿とは別人だ。すかさず辺境伯がしかりとばし、またしてもロゼは同じ台詞を告げることになる。

「ですから見送りに」

とてもそうは見えない装いだろうと、どうしようもなかった。

「王宮を去ると耳にしたものですから、どうしても伝えておきたいことがありましたの」

海ほど見事な青いドレスは土塗れだ。花の飾りは気付いた時には消えており、櫛の一つを当てている暇もなかった。とても人前に出てられる格好ではないはずなのに、汚れてなおロゼは気高さを失わない。

　罪ならさんざん咎められた後だろう。少し身じろぐだけでヨハネは怯える。

「計画も失敗した、何もかも失った、惨めな僕を笑いに来たのか」

　両親は無礼だと咎めるがヨハネは聞く耳を持たない。ロゼもあえて咎めようとはしなかった。

「そんなに暇ではなくってよ。まずこれだけは言っておきますけれど、アイリーシャ王女殿下と結婚したいのであれば攻略対象になって出直しなさい！」

「はあ？」

　ロゼにとっての最重要案件もヨハネにとってはまったくもって意味不明である。

「わたくしたち、お互いに結婚したくないのならきちんと主張するべきだったのよ。情けないことにわたくしも臆病だったわ。けれどこれからは、貴方とは違うのだときちんと証明してみせます」

　そこへやっと追いついたのがレオナールだ。妹に置いてきぼりにされ、国王陛下の元まで追いかけ、現在に至る。

「ブランシエッタ辺境伯、国王陛下からの通達を拝見してもよろしくて？」

　辺境伯は仰せのままにと、慌てて差し出す。

「感謝します」

　言うなりロゼは笑顔で破り捨てた。紙は気持ちの良いほど真っ二つに裂けている。破り捨てた書状にはヨハネ・ブランシエッタの国外追放と、二度とエルレンテの地を踏むことは許さないと書かれていた。

「この書状古いんですもの」

新たな書状をヨハネへと差し出す。夫妻もこぞって覗きこんだ。

そこにはエルレンテ益々の発展に貢献せよとの内容が書かれている。まるで真逆の通達だ。彼の両親にもこれといったお咎めはない。

「見知らぬ遠い国に行かせるなんてあんまりです。どうせなら領地で畑でも耕してもらいたいですわ」

「むしろ貴族の子息に、より可哀想な命令を下しているのはロゼの方では……」

レオナールは一思いに追放してあげてはどうかと呟いていたが知ったことではない。

（アルベリスで悪いお友達を作った人なのよ、国外追放なんてもっと危険じゃない！　ヨハネの自業自得とはいえ、今回のことでわたくしに、ひいてはエルレンテに恨みを持たれたら大変だわ）

野望に失敗、国外追放なんて新たな敵となって立ちはだかるキャラクターの定番だ。

（エルレンテ滅亡への刺客になられても困りますし、大人しく領地にいてもらいますからね！）

その方が国王陛下の名のもとに監視もしやすい。両親からの目も厳しくなるだろう。

「貴方に拒否権はなくってよ。それから、わたくしが命じた時は何をおいても駆けつけてもらうわ」

「慈悲でもかけたつもりか」

「わたくしそこまでお人好しではなくってよ」

「自分を貶めようとした相手の顔がみたいって？」

ヨハネが嘲笑う。

「別に貴方の顔が見たいのではありません。わたくしの顔を見ていただきたいの」

ますます嫌そうな顔をされたので少し心地好かった。

「わたくしの結婚式には絶対に参列していただきますからね。貴方が逃した女が幸せになるところを見届けるといいのだわ。とびきり幸せな顔をしてやるんだからっ！」

次期国王の夫という欲に溺れ、逃した魚が大きいことを思い知らせてやる。同時にこの婚約が成立しないことをきっぱり宣言しておいた。あくまでもヨハネのせいということで。

「ローゼリア様……」

ヨハネの美しい瞳が揺れ、唇がわななく。彼は俯くことで己の矜持を守ろうとしたが、ロゼは小さな滴を見逃さなかった。

「おねえさま！」

幼い声が響く。膠着状態に終止符を打ったのはアイリーシャだ。

「やっとみつけました！」

アイリーシャはロゼの腰に抱き着いた。ずっと探していてくれたのだろうか。

「リーシャ、貴女が知らせてくれたのね。ありがとう」

「おねえさま、おかおがよごれて……ドレスもボロボロ……」

大丈夫と誤魔化したところで誰がどう見ても何かあったと判断するだろう。どう説明したものかと悩んでいればアイリーシャの眼差しがヨハネへ向けられる。それも鋭い。

「あなた、おねえさまになにしたの」

ロゼが言えた義理ではないが子どもは敏感だ。語らずとも不穏な空気の出所を察知していた。

「ゆるさないから」

「リーシャ？」

「おねえさまにひどいことしたらリーシャ、ゆるさないの！」

精一杯眉を吊り上げて怒りを露わにしている。その姿も愛らしいとか言ってはいけない場面なのでさすがに自嘲した。

「ちょっとリーシャ？　あのね、ヨハネも一応反省していますから、あまり追い打ちをかけてはいけないわ」

アイリーシャは精一杯ヨハネを睨み付け、止めの一言を放った。

「あなたきらい！」

刹那、稲妻がはしった。

アイリーシャは人見知りをすることなく好奇心旺盛に育っている。誰にでも笑顔を向け、およそ嫌いな物を口にしたことがないのだ。そのアイリーシャがはっきりきっぱり『嫌い』と宣言したのである。

ヨハネは呆然としていた。もちろんヨハネだけではない。

「わたくし貴方には何の感情も抱いていませんでしたけれど、今激しく同情しています」

アイリーシャからの嫌い攻撃は堪える。自分なら立ち直れないとロゼは戦慄した。

「ええ、同意しますよ。私は寝ずに泣きはらす自信があります」

レオナールも深く同意していた。


ブランシエッタ夫妻は最後までロゼに頭を下げていた。ヨハネは小さく悪かったとだけ口にすると馬車に乗り込んだ。

なんと慈悲深いと兵士たちは感嘆の声を漏らし、噂はたちまち王宮中に広まった。

アイリーシャは追いついたであろうミラが宥め回収する。残されたのはロゼとレオナールだ。

「お前に借りが出来ましたね」

しみじみと切り出されるも、迷惑をかけた覚えしかない。

「よくよく考えてみれば、これでブランシエッタ家は二度と王家に頭が上がりません。私の治世ではその方が扱いやすいかなと」

今回のヨハネ追放は現国王陛下の判断だ。レオナールには次期国王なりに思うところがあるのだろう。

「素晴らしい裁きでしたね。自らを追いつめた相手に情けをかけるとは感服します。大人でもそう出来ることではありません」

「お役に立てたのなら光栄です」

「我が妹として誇らしい限りです。あの啖呵(たんか)にはしびれましたよ。もちろんミラの次にですが」

「実はわたくし疲れておりますので惚気(のろけ)は遠慮したいのですが」

放っておけば妻への愛を延々と語られる前に釘をさす。かつてレオナールは誤解だと否定していたが、総じて本人ほど気付かないものなのだ。ここに姪自慢をすれば止まらぬ叔母がいるように。

「白い影が、お前を助けてくれたのですか?」

「お兄様、何かご覧になって?」

「いえ、ただ……お前の隣に誰かがいたように感じただけです」

朝もやのせいかもしれませんがとレオナールは首をかしげていた。

いずれにせよ、ロゼが追及することはない。何故なら昏倒していたからだ。レオナールの焦った声を最後にロゼの意識は途切れていた。


人前で倒れたのは初めての経験だ。健康こそが信条であり、長年有言実行してきたわけだがどうしても抗えないこともあるらしい。運が良いのか悪いのか、森で希少な毒を持つ虫に噛まれていたそうだ。朝帰りをしたロゼはそのままレオナールの手で部屋に運び込まれ絶対安静が言い渡された。

次に意識を取り戻したとき、傍にいてくれたのはレオナールでも医師でもなかった。

「ロゼ、苦しいの?」

弱々しい声が耳を打つ。すぐにノアだと認識するも、彼の方が苦しそうな声をしていた。

見慣れた天井を視界に入れ、視線を動かせば枕元にはノアが立っている。まるで幽霊のように存在感がない。

「ごめん。約束、守れなくて」

ロゼの視線に気づいたノアは絞り出すように告げる。苦しいのはノアの方だと思った。

「約束？」

はてとロゼが鈍った思考で訊き返す。

「君を守れなかった。だから責任を取りに来た。らくにしてあげようと思って……」

「らく？　らく――って息の根を止めるということかしら⁉」

手品のように取り出されたナイフに呆然とする。慌てて飛び起きたが頭はぼんやりしていた。そんな不明瞭な状態でもそれは違うと否定出来る。

（どんな責任の取り方⁉）

命の危機である。とにかく一刻も早く否定しなければならない。頭が働かないなどと甘いことを言ってはいられないようだ。

「ノア、わたくしは苦しくても生きていたいから、大丈夫なのよ」

心配無用だと手を振ってみせた。

「どうして？」

（どうして――理由が必要なの？）

ロゼからすれば当然の、普通のことだと思う。けれどノアにとっては違うのだと、生きてきた世界の違いを思い知らされる。平和な世界で生きてきた前世の自分。王女として約束された環境の中で生きてきた今の自分。そのどれもがノアとは異なるのだと思い知らされる。

（そうだわ、わたくしの価値観を押し付けてはいけない。わたくしはノアが普通の生活を知らずに

育ったと知っているのだから）

　鈍る思考で考えを巡らせる。

「……リーシャに会えなくなってしまうから？」

　ノアからの反応はない。美人の真顔には凄まじい迫力がある。

　ロゼは発言の間違いを悟った。

「待って、やり直しを要求します。それは、ええと……」

　必死に熱に浮かされた頭を回転させる。生半可な理由ではノアは納得してくれないだろう。

「一人になってしまうわ」

　共感を得られたのか、ノアが反応を示してくれた。これだと思った。

「貴方言ったでしょう、わたくし一人の時は暗い顔をしていると。確かにらくにはなれるけれど一人は寂しいから――嫌だわ。貴方とも会えなくなってしまうもの」

「そっか……死んだら、もう会えないんだ……」

　ノアも気付いてくれたらしい。今度は納得させられたようでほっとする。

「なら俺は、どうやって償えばいい？」

「どうして償う必要があるの？　貴方はわたくしを助けてくれたのよ」

　なおも言いつのろうとするノアを制したのはロゼだ。

「わたくしを守るのは貴方の仕事ではありません。ですから貴方に非はありません。陛下は貴方を責めていた？」

ノアは首を振る。その仕草は随分と幼く見えた。年上とはいってても感情の面でいえばロビの方が重ねた年月は上だろう。ノアはきっと、これからたくさんの感情を知っていくのだ。それが嬉しくもあり、少し寂しいなんて我儘かもしれない。このノアを見ることが出来るのはロザだけなのだ。

鍛錬が可能なまでに回復したロゼは身体が鈍ってはいけないと早々に復帰していた。

いつものように木陰で休息をとれば影が落ちる。もう当たり前のように受け入れている訪問者だ。

「今回のことでわかったことがあるの」

影は静かにロゼの言葉を待っていた。

「わたくしは未熟です。自分の身すらきちんと守ることも出来ないのだわ。貴方たちに教えられて少しは強くなったつもりだったけれど、所詮はただの非力な娘でした。これで大切なものを守ろうなんて笑ってしまうわね。そういった意味ではヨハネにも感謝しているの」

「あいつに？」

「ヨハネはわたくしに己の未熟さを教えてくれました。お前なんてまだまだだとね」

悔しいけれど現実を思い知るいい機会だったと生還した今なら前向きに捉えられる。

「わたくしこれからもっともっと強くなりますからね。いいことノア！」

「俺？」

何故わざわざ自分を名指しするのかと怪訝な表情を浮かべられる。

「明日からもっともっと厳しく指導してちょうだい！」

とんだ無茶ぶりだ。けれどもうノアが王女の遊びだと一蹴することはない。もし再び例の賭けが催されたとしたらノアは『止めない』に賭けるだろう。

「好きも嫌いも、ヨハネに特別な感情を抱くことはなかったけれど、わたくしは彼の望むような妻にはなれない。期待に応えられないのだからこれで良かった。……そうよね？」

ブランシエット夫妻にとっては気の毒だが痛み分けということで。なにしろ王宮ではまことしやかにローゼリア姫失恋の噂が流れているのだ。ヨハネのことが好きだったからこそ彼を許したと美談に纏められている。しかも否定するたびに生暖かい視線を向けられるのでそろそろ疲れてきた。やはりノアの側が一番静かで落ち着く。

「わたくしだって部屋で命令しているだけの男性よりも、貴方のように一緒に走ってくれる人の方がいいもの」

「え⁉」

「そうして誰かと過ごしていけたら幸せだと思わない？」

「そう、なの……？」

ノアは言い淀むほど真剣に耳を傾けてくれる。

「森で貴方が手を引いてくれた時、とても頼もしかったわ」

「それって――」

「まずはリーシャの幸せを見守ることが大前提ですけれどね！」

しんみりするのはここまでだ。ノアとの貴重な鍛練が始まろうとしている。未来のためにも時間を無駄にしてたまるものか。意気込めば、とたんにノアの表情は真顔に戻る。

「いや、年齢的に考えてまず君からだからね」

「こんな時だけ現実的にならなくてもいいでしょう⁉」

ロゼの叫びが木霊（こだま）する。とにかくと仕切り直しだ。

「わたくしはまだまだ結婚出来ませんっ！」

今回の騒動で最有力候補であるヨハネとの婚約は白紙に戻ったけれど、次はいつ襲い掛かるかわからない。

「しばらくは今回の事件を有効活用させてもらうけれど、いずれきちんと清算するつもりでいるわ」

「ねえ活用って何、それどういう意味？」

「緘口令（かんこうれい）が敷かれたとはいえ、王宮ではまことしやかにわたくしがヨハネに片恋していたとの噂が立っているでしょう？　だからこそ国外追放を見逃してまで助けたのだと」

なんて美しき勘違い。それはどこの心優しき王女様の話だろう。

「数年はヨハネに振られて男性不審に陥ったことにして誤魔化すつもりでいるわ」

転んでもただでは起きてやらない。開き直ってみれば、粛々と運命を受け入れていた頃が懐かしかった。

「……君がそれでいいなら……いや、俺が反対することはないけど……」

歯切れの悪いノアだが最後にはいいんじゃないと言ってくれた。他の誰に許されるよりも、まっさきに彼の言葉を聞きたかったのだ。何気ない一言に勇気づけられる。王宮で王女が結婚したくないという我儘を肯定し受け入れてくれるのはノアだけだろう。

「わたくし立ち向かうわ。だから貴方に見届けてほしいの」

父も母も、兄も忙しい。多忙を理由に避けているつもりはないにしろ、この計画に巻き込むのも違う気がするのだ。けれどノアはロゼが招かずとも自ら足を踏み入れてくれた。自分を知ろうとしてくれている。それが嬉しくて、独りじゃないということは心強いものだ。

「うん。今度こそ、約束」

これから先も足掻き続ける姿を見届けてほしい。それは裏を返せば傍にいてほしいという願いが込められているのだが、ロゼはまだ理解していなかったのだ。自分のことに必死になるあまり、攻略対象という言葉の重さを正しく受け止めていなかった。彼女が現実を思い知るのはもう少し先の話だ。


これは余談だが、後にブランシエッタ辺境伯の統治にて農業改革が巻き起こる。

彼の地は元々耕作に適していたが、これまでは景観を損ねるため上から反対されていたそうだ。ところが一転して、このたび余らせていた土地を農地として有効活用する許可が下りたという。

改革者の筆頭はヨハネ・ブランシエッタ。辺境伯を継いだ彼は自ら鍬を持ち、自らの足で歩いて視察する日々を送っているそうだ。土に触れ、肌で風を感じ、植物の成長を見守ることが楽しいとまで語っている。

そう、ロゼが受け取った手紙には記されていた。

色白で室内に引きこもってばかりいた人間が嘘のようだ。ヴァイオリンは止めたらしく、肌は小麦色に焼けているらしい。

この話が全て本当なのだとしたら、彼はエルレンテの食料自給率を飛躍的に引き上げてくれたことになる。その功績は素晴らしいもので、気候が適しているのか、なかでもカボチャの生産は各国にも出荷されるほどだ。ロゼの元には毎年のように立派なカボチャが送られてくるようになった。

そのさらに数年後、ヨハネは何の身分も持たない平民の娘と結婚することになるのだが、愛は野心家の心すら変えるらしい。いずれ馴れ初めを問い質してみたくもある。

第十章　二十三歳まで独身の権利

エルレンテに平和が続いている証に、王の代替わりというものがある。それはロゼが十二を数えた年のことで、第一王子レオナールの待ち望まれていた即位であった。同時にアイリーシャが国王の第一子と認知された瞬間でもある。

仲睦まじい前国王夫婦は引退を宣言後、隠居生活を送るつもりらしい。これからは夫婦そろって視察や外遊の名目で各地を回るそうだ。いくつになっても夫婦仲は良好らしく、娘としても喜ばしいことである。

今日までエルレンテを守ってくれた両親は立派な人たちだ。そのためにたくさんの我慢を強いられてきただろう。しかしながら、すでに方々への挨拶を済ませ王宮を旅立つという身軽さには驚きもする。どれほど羽ばたく時を待ちわびていたのだろう。

ロゼにとってもまた、ただの代替わりではなかった。長年胸に秘めていた想いを吐露する機会がようやく巡ってきたといえる。

「お兄様、いいえ国王陛下。本日はおりいってご相談があります」

「その始まりからしてあまり聞きたくないですね」

苦笑いで出端を挫いてくれたレオナールである。

「まあそうおっしゃらずに。こんなことレオナール国王陛下にしか申し上げられませんもの」

「それはつまり父上には言えないようなこと、と言いたいわけですね」

「そうとも言うかもしれませんわ」

ものはいいようだ。

「さて、何が狙いかな」

警戒するような前置きも気にせず、ロゼは軽やかに答える。

「わたくし二十三歳までは結婚したくはないのです」

優雅に食後のワインを嗜んでいたはずの兄二人は盛大に目を剥き、互いに顔を見合わせた後、揃ってため息を吐いた。あるいはイスからずり落ちる寸前だったかもしれない。

恒例の会食はレオナールの即位を祝うものとなるはずだった。それが、主役のはずであるレオナールは既にげんなりとしている。もしかしなくても妹の発言が原因だ。

「言いたいことは色々ありますが……なんです、その具体的な年齢は」

現在二十四歳にあたるレオナールとロゼの年齢差は十二だ。歳の離れた妹が生まれた時、誰よりも喜んだのは母だろう。なにせ待望の女児である。もちろんレオナールも兄として妹の誕生を喜んだ。一つ年下の弟レイナスとは比べ物にならない愛おしさを感じたと鮮明に記憶している。

それがどうしてこうなった？

妹との接し方がわからない。それはここ数年の悩みとして定着していた。時折妻のミラにも相談しているが、なにせプロポーズ事件以来ロゼを妄信しているので頼りにならない。六歳になる愛娘も同様だ。玉座から降りても悩みは尽きないと、レオナールは即位早々に頭を抱えることになった。

「わたくし二十三歳まで生きていられるかわかりませんもの」

「それはっ！　……えっと、人間誰しもが、そうだと思いますが……？」

レオナールは声に出しながら自らの発言にその通りだと気付かされていく。

「わたくしも来年が社交界デビュー、王女の役目は理解しているつもりですけれど……」

現段階で王女ローゼリアに婚約者はいない。候補には挙がっているが、どれも決定打に欠けるというのが難航している理由だ。加えて過去の事件を引きずっていると匂わせれば同情も集まり、生半可な相手を差し向けられることはない。

もちろん政略結婚もいとわないのがロゼの心情である。特にアルベリス有力者行きの嫁入り切符なら喜んで受け取ろう。内部からアルベリスの事情を探り放題だ。しかし上手くいかないのが人生、すべて断られた後である。

となればいずれは他の嫁ぎ先を探さなければならない。しかしロゼは王女という地位を失って他家に嫁入りしている場合ではなかった。アルベリスに嫁ぐことが叶わないのであれば、エルレンテ王宮で王女として出来ることをしなければならない。どこかの家に嫁いで良妻を目指している暇はないのだ。

二十三歳、すなわちアイリーシャが十七歳になるまでは！

まだ十二歳ではなく、もう十二歳になってしまった。鍛練を欠かすことはない。勉強を怠ってもいない。けれどまだ、ロゼにとっての成果は何一つ摑めていない。そんな状況で結婚の約束なんて取り付けられてはたまらないのだ。

「後悔はさせません。王宮に居座るのですから、ローゼリア王女が独身で良かったと思わせるような成果を上げてご覧に入れます」

「いや、妹が独身で良かったってどんな成果⁉」

もちろん不安なのはレイナスだけではなかった。

「お前、何か企んでいますね」

「当然です」

「さらっと白状した⁉」

「取引で嘘を吐くなんて無駄なことは致しません。ローゼリア・エルレンテの名に誓って、エルレンテの不利になるようなことはしないと約束します」

「しかし王女がいつまでも独り身というわけにも……。国内の貴族からもすでに婚約の話は挙がっています。それらすべてを断れと？」

「わたくし病弱なのです」

「病弱な子は離宮の周り走ったりしないと思うんだけど……」

　レイナスの尤もな指摘に、そういえばそんなこともしていたなとレオナールも呆れる。

「ロゼちゃーん、ホント何やってんのさぁ」

　指摘は痛いがロゼとてここで折れるわけにはいかない。

「何とは心外です。わたくしはいつでもエルレンテのために行動しているのですから。王族たる者、有事の際は徒歩で避難しきる脚力が必要不可欠かと存じます。そうですわ、明日からお兄様もいかがでしょう？」

　いつ王宮から避難しなければならない事態に見舞われるかもしれない。その時になってドレスとヒールで走れないなんて泣き言はいえないのだ。

　親切心から誘ったところ、謹んで遠慮申し上げますとの意味合いが揃って返ってきた。

「このお話、埒が明きませんわね。ですからわたくし手っ取り早い解決法も用意しておいたの」

「俺、嫌な予感しかしないんだけど」

「奇遇ですね。私もです」

　そして期待に添うロゼである。

「お兄様方、どなたかわたくしと剣で一騎打ちしてくださいませんか？　要するに、決闘を申し込みます。わたくしの覚悟、お見せしますわ」

にっこりと、それはそれは優雅に、まるでダンスの誘いのように決闘を申し込む王女がいた。

決闘の申し込み自体はおかしなことではないのだが。なにせロゼは王女である。この場合、代理を立てるのならまだ話はわかる。それが自ら男である兄に勝負を挑んでいるのだ。

妹にそこまで覚悟を示されては受けないわけにいかない、というのがレオナールの兄としての優しさである。

「レイ、勝ちなさい」

ただし弟には優しくなかった。

「は？　え、俺⁉　俺がロゼちゃんと決闘すんの⁉　何さらっと決めてくれてんのさ、アニキが行けばよくない？」

いきなり話の矛先どころか勝手に指名されたレイナスはもちろん反論するが、国王命令という容赦のない圧力の前に敗北を喫した。

「早速に嫌な権限使うなよ！」

ロゼにとっては想定内、というより好都合である。

「わたくしもレイお兄様と闘いたいですわ。万が一国王陛下に剣を向けて革命だとか不穏な噂が立っても困りますし、レイお兄様なら容赦なく闘えますもの」

ロゼはにこやかにレイナスの手を取る。しかし彼女が導く先にあるのは戦いの場だ。

「俺、昔はさ……レイお兄様が良いの！　ロゼ、レイお兄様と一緒にお出かけしたいって名指しで指名された時は兄として勝った！　って嬉しかったんだけどさ。なんだろう今、全然嬉しくないのな……」

かつての可愛い妹はどこへ行ったとレイナスは遠い目をしていた。時はうつろうものである。それも残酷に。

月光を背負い、勝者の笑みを浮かべるのは妹だ。

「――これでよろしくて？」

決着がつくのは早かった。決闘とはいえ大掛かりな施設を使うわけでも観客を入れるわけでもない。国王の名において審判を頼み、人気のない離宮の裏側に赴き、とんとん拍子に闘いは始まって、やがて終わりを迎えた。

「な、おまっ、強くね⁉」

絶叫するレイナスは決して弱くない。幼い頃から教養として一流の教師に習っている。レイナールが決闘を承諾したのもレイナスが勝つだろうという確信があったからだ。そうしてロゼを諦めさせようとしていた。

ところが結果は審判の判断に頼るまでもなく圧勝である。

レイナスを倒した瞬間、王宮の陰という陰から拍手や歓声が、あるいは口笛が聞こえてきた。夜の離宮がちょっとした騒ぎだ。

「おめでとう」

騒めく風に紛れ、真っ先にロゼへと届いた祝福は好敵手（ライバル）からのものだった。

（ありがとう……）

その言葉を心待ちにしていたからこそ、聞き分けられたのかもしれない。姿は見えなかったけれど確かに見守っていてくれた。ノアを皮切りに祝福が押し寄せる。

「ローゼリア様、おめでとうございます！」

「ついに兄君を倒されましたね！」

「さすがでございます。我ら一同、みな信じておりました」

ロゼは誇った。彼らの教え子であることを。彼らという最高の師に巡り合えたことを。

「みなさんのおかげです。わたくし一人ではここまでの成長を遂げることは叶いませんでした。みなさんが手取り足取り鍛えて下さったからこそ――これはみんなで掴んだ勝利なのです！」

「姫様！　もったいないお言葉、ありがとうございます！」

それは涙交じりのものが多かった。

「はあっ⁉　なにお前、国王直属護衛（あいつら）に教わってたの⁉」

走り込みこそ堂々たる風格でこなしていたロゼだが、指導者たちの事情もあって鍛練はこっそりと行っていた。

「王族たるもの、ある程度の戦闘能力も必要不可欠ですわ」

いつ物理的な戦闘能力を求められることになるかわからない。自分の身と愛する者はこの手で守らなければという覚悟を決めている。

「しかもドレスでそこまでやる⁉」

ロゼが着ているのは先ほどまで会食に出席していたドレスと、加えてヒールの高い靴だ。それに髪をひとまとめにしただけというういで立ちである。せめて着替えてからと進言する兄の気遣いを断ってまでこの姿を貫いていた。

「これが女性の戦闘服ですわ。ヒールにドレスで戦えなければ意味がないのです」

アルベリスはロゼが着替えるのを待ってはくれない。王宮にいようとも、ドレスで走らなければならない事態もあると過去から学んでいる。

「てか最後、ポニーテールが顔面に直撃した隙に足払いとか酷くない⁉」

「女性特有の立派な武器です」

「え、そうなの？　俺が感覚おかしいの？　ねえアニキ⁉」

「いえ、レイは何も間違っていないと思います。思いますが……私の妹はいつのまに姫から女戦士になっていたのでしょうか……」

実の妹の王女にあるまじき戦闘力にこちらもわりと衝撃を受けている模様。

「お兄様、勝手にわたくしをジョブチェンジさせないでくださる？」

「俺らの可愛いロゼちゃんはどこ⁉」

「ですからここに」

嘘だという兄二人の心の声が重なって聞こえるようだ。

「僭越ながらレイナス様。あれも立派な戦略のうちなのです」

見かねたように聞き覚えのある女性の声がフォローに回ってくれた。

「てかお前らも王女に何教えてんの⁉」

元凶はお前たちだと叫び倒す。

「仕方がなかったのです！　ローゼリア様は王家に誕生された奇跡の王女殿下。我ら一同、赤子の頃から存じ上げております。それがお一人で訓練され、お一人で転ばれ……これが放っておけるでしょうか⁉」

「いや、無理だ！」

そうだそうだとの賛同、多数。そんな冷血漢にはなれないとまで聞こえた。単純な話、みなロゼが可愛かったのだ。完全に親目線である。

とはいえ姿を現さない影たちである。直接文句を言おうにも誰一人として姿を現すことはなかった。

収拾がつかないとはこのことだ。けれどみな、とっくにわかっている。この場を治められる人間は一人しかいないのだと。

レオナールは痛いほど拳を握りしめ一歩、踏み出す。彼の発言を待ちわびる周囲は再び静寂を取り戻していた。

「お前は、ローゼリアは……病弱だ」

「いやいや、ロゼちゃんめっちゃ元気に走り込みしてるよね⁉」

騙されるなとレイナスは兄を諭す。

「私の妹は病弱で、二十三歳まで生きられるかわからない。そのため健康な身体を作ろうと走り込みをしている、ということにしましょう……」

「苦しくない⁉」

「貫き通せばそれが真実となりますわ」

その意気だとロゼは賛同する。

「なんかかっこよくまとめたけどさあ！」

「それとこれだけは言っておきますけれど、アルベリス帝国の有力者からの申し込みであれば前向きに検討させていただきますわね」

「お前そんなにアルベリスに嫁ぎたいわけ？」

「理想の嫁ぎ先ですもの」

今更縁談が回ってくるとは思わないが念のためだ。

「二十三歳でも貰ってくださる方がいらっしゃるかはわかりませんけれど、それまではどうか王宮に居座ることをお許しください。最初に宣言したように、きっと後悔させません」

そもそもこの世界の結婚適齢期が早すぎると思う。前世では二十三歳でも早い方だったというのに生まれる前から婚約者？　何それ状態だ。

「妹がここまでの覚悟を示すとは、女性がある日突然大人になるというのは嘘ではないようですね」

レオナールが総括するように呟けば静かな夜が舞い戻る。レイナスは不貞腐れた表情を浮かべ、ロゼは終始満面の笑みを浮かべていた。

こうしてロゼは二十三歳まで独身の権利を手に入れた。

考えてもみれば、大人しく現状に甘んじるなんて真似、壮絶な運命に立ち向かおうとする人間には相応しくないだろう。ノアが見ていてくれるのなら幻滅されたくはない。

第十一章　お忍び観光

鍛練も一段落したその日、ロゼは休憩中にノアへと声をかけた。今日の先生役はノアが務めている。

「貴方、明日はお仕事？」

傍らの存在へと問いかける。ノアは他人の視線さえなければ隣にいてくれるようになっていた。距離が近づいたようで嬉しくなる。好敵手(ライバル)から始まったはずの関係も、今では友達と呼べるのだから。

「休みだけど、俺に何をさせたいの？」

ノアは兄たちと違ってロゼの言動を楽しみにしている様子がある。だからこそロゼも迷うことなく話を持ちかけるのだ。

「お忍び歩きに付き合ってほしいのよ。安心して。貴方の貴重な休日をいただくのだから、もちろん相応の給金を支払うつもりよ」

「給金？」

ノアは不思議そうに繰り返す。

「貴方は陛下の護衛、わたくしを守る義務はないでしょう。それなのに休日出勤時間外労働をさせてしまうのだから、報酬を用意するのは当然よ」

「……要らない」

突き放したつもりはないけれど、悲しいことにそれが二人の間にある壁だ。

「そう……。わかりました！　貴方と一緒なら頼もしいと考えたけれど、他の方に声をかけてみるわね」

気まずい空気にはしたくないと明るく振る舞う。けれどノアは目を丸くしていた。

「なんで？」

「え？　でも、要らないのでしょう？」

「それがどうして行かないになるのさ」

ロゼとしてはノアのためを思ってのことだった。

「だって貴方、休みの日はたいていわたくしに付き合ってくれるわ。それって疲れてしまわない？　付き合わせているわたくしが言うのも手遅れなのだけれど、身体のためにも五日働いたら二日は休んで好きなことをした方がいいと思うのよ」

「休みの日にはしたいことをしろ、そう言ったのは君だよね」

「ええ。それが休日のあるべき過ごし方ですもの」

「だったら俺は休日に街へ出かけた。そこで偶然友達と会った。それでいいよね。別に仕事じゃないし、好きなことをしているだけだから」

つまりはロゼのために自主的にお忍び歩きに付き合うというのだ。

「貴方……訓練中はまったくもって感じさせないけれど、優しいわよね」

「知らなかった？」

「いいえ。ずっと前から知っているわ」

将来有望な護衛チームのエース様が未熟な王女の特訓に付き合ってくれている。これが優しいといわずに何という？　尤も訓練中は本当に容赦がないけれど。

「いつもありがとう」

この優しさを知るのは世界中を探してもロゼだけだ。ロゼブルプレイヤーたちも知らないノアの姿を見つけては嬉しくなった。

「明日も……。ねえ、わたくし明日が楽しみよ」

「……俺もだよ」

ロゼの笑顔につられるような微笑みだった。

翌朝、ロゼは着る服に悩むという珍しい体験をした。晩餐会や祝いの席に着るべきドレスに悩んだことは数えきれないが、たかがお忍び歩きの服である。国の威信も王女の矜持も関係ないというのにクローゼットを開け放して何分経つだろう。

(服選びだけでこの有様なんて、わたくしよほど緊張しているのかしら)

初めて王宮を抜け出すのであれば緊張も当然か。けれど鏡に映った自分はむしろ嬉しそうに見える。

とにかく理由は後回しだ。待ち合わせに遅れるなんてもっての外(ほか)、ロゼはいよいよ決断を迫られていた。

この計画にメイドを巻き込んではならないため一人でも着られること。動きやすく、目立ち過ぎず、それでいて可愛らしく。それらの基準を満たす服は――

もう一度、隅から隅まで吟味する。そうして目についたのは赤い生地のワンピースだ。王女としては味気のないデザインだが動きやすく、アイリーシャと遊ぶ際にも重宝している。袖を通せば、日頃幾重にもフリルを重ねたドレスを纏う身には羽のような軽さだ。鮮やかな赤がロゼの緑を引き立てる。

さて、上手く街に溶け込めるといいのだが。

王宮の裏に回り込んだロゼは木を足場にして塀を越えた。滅多に人が通らないということは事前に調査済みだ。けれど今日に限っては少年が佇んでいる。薄いシャツにズボンと、帽子を深く被っていた。腕を組む姿はまるで誰かを待っているという様子で、そこにいるのは将来有望な暗殺者ではない。

（本当に待っていてくれたのね！）

約束をしたのであれば当然だろうに、そんな些細なことにも嬉しくなる。

「こんにちは。わたくしこれから街に行くところなの。良ければご一緒してくださる？」

「うん。奇遇だね、俺も。ついでに君のことは守ってあげるから安心していなよ」

どちらからともなく歩き出す――ところまでは良かったのだが。すぐに距離が開く。明らかに意図してノアの速度は遅かった。

「あの、どうして後ろからついてくるの？　尾行されているようで落ち着かないわよ!?」

「そう？」

「そう！」

三歩下がってついていくという文化も耳にしたことはあるが、仮にそうだとしてもロゼが後ろを歩くという話になるわけで。

「ねえ、今日は本来の立場はお休みなのでしょう？　わたくしはただのロゼ、貴方が隣にいても何も問題ないのよ。ね？」

せめてここにいる間だけは王女と未来の暗殺者ではなく、ただのロゼとノアでいたい。それがロゼの願いだった。友達なら隣にいるのが普通だと、なんとか理由を見つけて我儘になってしまう。

「さあ！」

ロゼは手を差し出す。その手とロゼの顔を交互に見比べたノアは何かに納得していた。

「君もそういうところは、あれだね」

「どれかしら？」

あれ……思い当たる節がない。

するとノアは歩み寄り、差し出された手を取る。軽く引くようにして距離を詰め耳元で囁いた。

「君も立派な女王様ってこと」

護衛を欲していたロゼのためにも不用意に正体を明かすべきではないという判断だろう。

「いっそ目指しても様になっただろうね」

「そんなルートは認めません」

「ルート？」

からかうつもりだろうとロゼは真剣そのものだ。

順当に国が回れば次期国王はアイリーシャ。それを自分が割り込んで革命ルートなんて勘弁願いたい。アルベリスが攻め入る格好のチャンスを与えることになる。内乱で弱った国を――なんて考えただけで怖ろしい。だからこそきっぱり否定しておきたかった。

「玉座になんて興味ありません。あそこに君臨するのはお兄様の仕事なのだから、頑張ってくださらないと困ります。その分わたくしは、わたくしにしか出来ないことをしたいのよ」

（リーシャが亡国の王女にならず幸せでいられるように）

もちろん願うだけで終わらせたりしない。ロゼが信じられるのは姿も知らない神ではなく自分の力だけだ。そのためにも今日の視察とて無駄にはしない。

そんなひと悶着を経て、ノアは隣を歩いてくれた。あれから不満は出ていない。

「こうして君の隣を歩くの、初めてだね」

「ノアと歩けるなんて夢みたい」

本当に、あのノアと歩けるなんて夢のよう。ロゼは躊躇いなく喜んでいたが、ノアは複雑そうにしていた。

「それは、どちらかというと俺の台詞じゃない？　ねえ――」

きっとその先に続くのは『王女様』なのだろう。

「隣を歩くって、良いものだね。なんだか一緒にいるって気がする」

「一緒にいるのだから当然でしょう？　ノアがいてくれて心強いわ。わたくしずっと街へ行きたいと思っていたのよ」

「行動派の君がよく今日まで我慢したね」

「あまり幼いと舐められてしまうでしょう？」

前世の記憶に残る世界にも誘拐や盗みは存在していた。この世界とはそもそも比べる対象が違うけれどエルレンテでも同じ危険はつきまとうだろう。それを不用意に外出すればどうなるか、想像していなかったなんて言い訳は許されない。

「これでも自らの地位を軽んじているわけではないの」

どこかで誘拐されて人質にでもされたら兄たちに迷惑をかけてしまう。本当なら思い立った翌日に――それこそ六歳のうちに外の世界へ飛び出してしまいたかったけれど我慢していたのだ。自衛の技術を学び、自分のために使えるお金を得る日までは。

「そっか、ちゃんと考えてるんだ」

「その意外そうな声は心外です」

「だってさ……君って、今まではっきり聞いたことなかったけど、そもそも何がしたいの？　身体を鍛えて街にまで下りて、さすがに遊びってことはないよね？」

ノアは誰よりも近くでロゼを見ていたが、好敵手でもロゼの思考をすべて理解するまではいかない。ロゼが書庫で読みふけっている本から読み取ろうと試みたことはあるが無理だった。

「これから先もエルレンテを存続させたい、かしら」

さすがに将来エルレンテが滅亡して乙女ゲームがどうとは言えないけれど、ノアになら打ち明けてもいいと思えた。

「普通に存続すると思うけど？」

（どうかしらね……）

兄の治世を疑うなんて意地が悪いという自覚はある。けれどロゼの知る未来が妄信するなと語りかけるのだ。

「お兄様には申し訳ないけれど、絶対なんて保証はありません。未来で後悔しても遅いのだから、打てる手はすべて打っておくべきです」

「それが街へ向かうことに繋がるの？」

「王宮（あそこ）にいては見えないものが多すぎるのよ」

閉じこもっていても世界は変わらない。書庫で書物を漁り知識を蓄えたところで滅亡は回避出来ない。いくら鍛錬を積もうと一人で無双出来るほどアルベリス帝国は甘くもない。王宮ですべきことを終えたのなら、ロゼに残された選択肢は外の世界に踏み出すことだ。

「見えないもの……。具体的にはどこへ案内すればいい？」

「どこもかしこも！　王都ベルローズを余すところなく見学したいのよ」

王宮の眼下に広がる街ベルローズはエルレンテの首都でもあり、随一の賑わいを誇る。けれどノアは首を傾げた。

「そんなに熱心に見るところ、ないと思うけど」

「ノアったら、こんなに美しい街なのに見るところがないなんて贅沢。貴方損していると思うわ。ほら、顔を上げて見て！」

言われた通りに顔を上げたところでノアの目にはありふれた街並みが映る。けれどロゼは目を輝かせていた。

エルレンテが普通の国であるのなら首都であろうとベルローズはありふれた街だ。そんなありふれた路地でロゼは歓喜する。

道沿いには白、クリーム、薄桃とカラフルな色彩の家が並んでいる。壁を補強するように添えられた木枠が可愛らしい印象を与え、三角屋根には茶色い屋根瓦が使われているので派手さの中にも落ち着きを感じさせる。窓やバルコニーには花の鉢植えが吊るされているので目を楽しませてくれた。それはまるで絵画のように調和のとれた光景だ。

「窓辺にはゼラニウム、玄関にはアネモネにチューリップ、それにあれはフリージア？　ベルローズの人たちは花が好きなのね」

目についた花の名前を挙げていく。種類や名前は前世と同じようだが現代家屋の合間に咲くものと西洋ファンタジーの家に添えられたものでは印象も変わる。

一軒一軒違う花が出迎えてくれるのでそのつど目を奪われた。敷き詰められた石畳には凹凸もなく風景を楽しみながら歩くのに適している。

ロゼは鉢植えに見つけたガーベラに微笑みかけた。

「ロゼ、そこは危ないからこっちへ――」

どういう意味かとノアを探せば腕を掴まれる。

「わっ⁉」

強く引かれたことで身体が浮き、倒れかけたところをノアの胸が受け止めてくれた。幼いとはいえしっかりと鍛え上げられていることは語るまでもない。胸に手を添えて見上げればノアの成長ぶりを見せつけられた。

(ノア、大きくなった？　昔は背も変わらなかったのに……)

見上げなければノアの顔には届かない。そしてノアは見下ろさなければならない。そうして初めて視線が重なった。

「ごめん！　乱暴にして、怪我はない⁉」

「え、ええ、平気よ……」

意識すればノアが急に大人びていく。このままではいけないと別の話題を探した。

「こんなの鍛錬なら日常だわ。わたくしがそんなに柔じゃないことは貴方も知っているはずよ」

ノアに鍛えられた時間が最も長いのだから。

「そう、だね……」

「ノア？」

ノアは何でもないと誤魔化してしまう。励ましたつもりが、失敗したということだけはわかった。

「えっと、君が濡れると思ったら見ていられなくて」

二階の住人が窓辺の花に水やりをしていたらしい。ちょうどロゼがいた位置には水の降り注いだ痕が残されていた。花に夢中なロゼは気付かず、ノアがいち早く危機を察してくれたというわけだ。

「おかげで助かったわ。ありがとう」

「護衛だからね。それに綺麗だから、濡れたら勿体ない」

「綺麗？」

「うん」

「花が？」

「君が」

「わたくし⁉」

てっきり花の話だとばかり解釈していたので不意打ちだ。

「そんなに驚くこと？」

当たり前だと叫びたかった。そのはずだった。けれどねじ伏せられていく。

「だって君、いつも母親譲りの美しさだって言われているよね。でも俺が言うと驚くの？」

「それはっ……な、あ、貴方ずるいわよ！」

（ああもう、よくわかりました！　自覚したわよ。服選びに時間がかかったのはノアと出掛けるから、貴方と一緒に歩けるからなのだわ）

そして無意識のうちに望んでいた言葉をもらってしまった。

（だって、貴方と他の誰かは違うのよ）

幾度となく受け取ってきた褒め言葉もノアの口から聞かされると心が乱れる。これ以上追及されようものなら顔を見るのも困難だ。時間がもったいないので早くと急かすふりをして話を切り上げた。

「ここを抜けると、この先には何があるの？」

ノアを置き去りにしそうな勢いで進んでいく。そうすることで気持ちを誤魔化すつもりだった。けれど歩き出せば目を奪われる。

坂道を駆け下りた先は小さな広場のような造りになっている。中心には噴水が設置され、こちらも花に囲まれていた。水面には街並みが鏡のように映し出されている。

「まるで御伽噺（おとぎばなし）の世界に迷い込んでしまったみたいね」

振り返れば元来た道にはエルレンテ王宮が覗いている。これもまた素晴らしい眺めだ。現代社会で生きていた記憶と、生まれてから王女として王宮で育てられたロゼにとっては見る物すべてが新鮮に映る。

「そう？　普通の街並みだけど」

一方でノアの感動はとても薄い。元々はしゃぐような性格ではないけれど。

（少しはしゃぎ過ぎてしまったかしら……けれど前世ではなかなか見られない光景ですもの、感動するに決まっているわ。エルレンテの王宮もそうだけれど、いかにもファンタジーという世界観で素敵！）

「まだ市場にも着いてないよ」

「市場⁉　なんて素敵な響きかしら、楽しみだわ」

「並んでいるのはアルベリスからの輸入品ばかりだけどね」

ふとしたノアの言葉がロゼに現実を教える。

（そう、それも問題なのよ。アルベリスにばかり頼るのはいけないこと。少しずつでもエルレンテの自給率を上げなければ、戦争が始まって供給が止まってしまったら……）

「ロゼ？　難しい顔だけど、疲れた？」

「――っいいえ！　まだまだ、走り込みの成果はこんなものじゃないのよ！」

「そう、良かった」

「良かったの？」

「だって、まだこの時間は終わらない」

「それは、貴方も楽しんでくれていると解釈しても？」

「もちろん」

そっけない一言にもしっかりと感情が込められている。たった一言にもロゼは舞い上がるのだ。

ゆっくり歩いて市場を通り抜けながら肌で賑わいを感じ取る。目移りしながら人波を避けるのは大変なことだ。けれどさりげなくノアが手を引いて誘導してくれる。その度に頼もしい護衛だと感謝した。

「そうだわ。貴方、どこか街を見渡せる場所を知らない？」

多少街から離れていても大丈夫と付け加えれば、それならとノアが指し示すのは小高い丘だ。

「あそこ、あの丘からは街が見渡せるんだ」

確かに見晴らしがよさそうだ。しかし一方ではノアからのまさかのお勧めに意外だと驚かされていた。


守るべきものを見ておきたかった。

そんな突拍子もない願いから丘を登ることになったというのにノアは嫌な顔一つ見せない。それどころか理由も聞かずに案内してくれる。日頃の仕事に比べればなんてことないのかもしれないが、有り難いことだった。


丘を登るたびに街の喧騒が遠のいていく。風の音だけを感じ、澄み渡る空には白い雲が浮かび流れていく。緑の絨毯にはタンポポのような黄色い花が彩りを添えていた。見渡す限りに人の姿はなく、贅沢に堪能することが叶う。

「お弁当を用意するべきだったわね」

「どうして？」

「外で食べると気持ちがいいのよ。素敵な景色は最高のスパイスです」

周囲にお店なんてものはなく食事をするのなら市場に戻らなければならないことが残念だ。青空の下、すぐにでも食べたい気分なのに。

もちろんベンチなんて気の利いたものは存在せず、ロゼは躊躇うことなく地面に座った。ノアも黙って隣に腰を下ろす。

「こういう場所にいると四葉のクローバーを探してみたくなるわね！」

すでにロゼは視線を巡らせている。

「クローバー？」

「クローバーは……ほら、これのことよ」

ロゼはすぐ傍に生えていた背が高く、細い緑の草を揺らした。

「通常は三枚の葉から形成されているでしょう？　稀に四枚のものがあって、見つけたら幸せが訪れるという伝承なのよ」

「君は物知りだね。それもいつも読んでいる本の影響？」

前世の知識とは言えないのでそういうことにしておいた。

「ノアも探してみない？」

「そうだね。挑戦してみようかな」

「もしかして、叶えたいことでもあるのかしら?」

「まあ、そんなところかな」

「任せて！　わたくしもノアのために頑張るわ。この辺りにあるといいのだけれど……」

きょろきょろと周囲を見渡す。やがて四枚の葉を見つけたロゼは嬉しさに顔を上げた。

まだノアからの発見報告は受けていない。幸せの象徴を欲していた彼の役に立ちたくて、少しでも早く報告してあげたくて、周囲の確認を怠っていた。

「ねえ見て、ここに――っ！」

琥珀の瞳は想像以上の近さにいた。それもクローバーではなくロゼを見つめている。目を見開く自分をその中に見つけていたたまれなくなった。

「ほ、ほら、これなのよ！」

とっさに四葉のクローバーに助けを求めればノアの視線から解放される。

「本当だ、他のと違って四枚あるね」

興味深そうに覗きこむ様子は鍛練からは想像も出来ない無邪気さだ。

摘み取ってしまうのはもったいなくて、二人で思い出を胸に刻むことにする。二人で覚えていれば忘れることはないだろう。

「貴方に幸せが訪れますように」

気休めだとしてもノアのために祈りたい。

「俺はもう幸せ。ロゼが幸せを運んでくれたから」

「ええ、無事に見つけられてよかったわ」

「そういう意味じゃないんだけど……」

まあいいやとノアはクローバーを優しく撫でる。

「暢気にクローバーを探すなんて、あの頃は想像も出来なかったから」

「あの頃？」

「俺が生まれたのは雪に覆われた、何もない村。両親のことはあまり覚えていないよ。ある日を境に帰ってこなかった。子ども一人で生きていけるほど甘い環境じゃなくて……俺は村を捨てた」

「それでエルレンテに？」

語られたノアの過去に驚かされる。これまでノアの過去については知る術が無く謎に包まれていたのだ。ゲームにおいても多くを語らず、言及されてもいなかった。漠然と両親は不明で、アルベリスに流れ着いたとした描かれていない。彼がどこで生まれ、どのように生きてゲームの時間軸にたどり着いたのかは謎である。主人公にすら語られたことはない。それはノアなりの、祖国を失った主人公への優しさだった。

「エルレンテに来たのは気まぐれだったけど」

ロゼを見て、ノアは面白そうに笑う。何かを思い出したようだ。

「緑を見たくて」

「緑？」

色という意味の緑だろうか。そこから連想されるのは草木だ。

「白しか知らなかった。オルドは一年中雪ばかりの冷たい国。だから噂でしか聞いたことのない緑や、花というものに憧れた」

「貴方、オルドの生まれなのね」

それではオルドの言葉が話せて当然だ。

「そうだよ。がむしゃらに歩いて、やっと雪のない場所へたどり着いた」

幼い子どもが一人で雪山を越える。それは想像を絶する道のりだろう。

「歩き続けてアルベリスに着いて、でもどこか違うんだ。俺が見たかった景色とは違う気がして、また歩き続けて……そうしたらエルレンテにいた。初めてエルレンテを見渡したのがこの丘だった」

だから見晴らしのよさを知っていたという。

「あれ、でもこれ君に知れたらまずいのかな？」

つまりは不法入国であると言っている。

「貴方を咎めることはわたくしの仕事ではなくってよ。それに許されているからこそ、王宮で働けているのでしょう？」

通常入国するためには通行手形が必要になる。あるいは国籍といった身分を証明するものが必要だ。オルドを飛び出したというノアが所持しているはずもない。それが王宮の、国王の護衛を任されているのだから。

「ボスが勝手に決めただけだよ。今は、それでよかったのかなって、思っているけど……」

「わたくしに話してよかったの？」

「君に知ってもらいたいなんて、変かな？」

「ちっとも！　貴方を知れて嬉しかったもの、話してくれてありがとう」

まるで宝物のように、大切に心の奥にしまいこむ。主人公すら知らないノアの過去はロゼに優越感を抱かせた。

第十二章　観光大使への決意

守るべきものを再確認したロゼは街へと戻る。

「そうだわ！　良ければ今日のお礼に何かご馳走させてちょうだい。貴方、何が好きなのかしら？」

「君、よくそんなにはしゃげるよね」

指摘される自覚もあるのでついにやけてしまう。

「ここでは身分を気にして振る舞う必要はないもの。普段はしゃげない分、発散しておかないと勿体ないわ」

「そう、だよね……君は……」

「ノア？」

「俺のことはいいから君の好きなものを食べてよ。俺は食べられないものはないから、多分。そうやって君がくるくる表情を変えるのを見ていたら、お腹いっぱい」

「まあ、わたくしのせいにする気？　もう！　だったら……」

満腹にはならないけれど甘くて幸せになれる。そんなものを見つけてしまった。

「アイスがいいわ。わたくしアイスクリームが食べたい。こうして気軽に友達と食べられるなんて懐かしくて」

「懐かしい？」

「あ、憧れ、憧れなのよ！」

危ないところだった。ロゼが懐かしむ昔とはもちろん前世のことである。お姫様が気軽に友達と屋台でアイスを食べた思い出があるなんて不自然だ。

「ノアはここで待っていてちょうだい」

少しでもお礼をしたくて強引にベンチへと押しやる。目の届く範囲だからと説得すれば護衛であるノアも了承してくれた。

張り切って屋台へと向かったロゼの手にはアイスクリームが二つ握られている。

「お待たせしたわね」

「ありがとう」

トッピングにはチョコチップをのせてもらった。

「お店の人がね、サービスしてくれたのよ」

ノアは素直に受け取るが、どこか不思議そうな顔をしていた。

「君、本当に初めて？　そのわりには買い物慣れしている気が……」

「わたくしも勉強せずに来ているわけではないのよ。周囲の方の振る舞いも参考にさせてもらったわ」

平静を取り繕うことには成功したけれど。

（王女は普通に買い物をしたことがない……そうよね、そうだわ……）

詰めが甘かった。また綻びが出てはいけないとロゼは気を引き締める。それはノアに「ほら、溶ける前に食べよう」と促されるまで続いた。


アイスを食べ終えたロゼは裾を整えるが急に身を竦ませる。ノアの陰に隠れるようにそっと位置をずれ、ただならぬ様子にノアは周囲を警戒した。

「待って！」

護衛だと言った彼の言葉を思い出し、ロゼは反射的にノアの手を取る。そこにナイフが隠されていることを知っていたからだ。

「それは平気、本当よ！」

真面目なノアは全力で護衛という責務を全うしようとしてくれたのだ。しかし全うされては困る相手なので止めなければ。

「ほらあの人、王宮で働いているメイドのオディールよ」

ロゼが隠れるようにして人影を示せばノアは納得してくれた。顔を見られるのは不味い相手なのだ。

メイド服以外のオディールを見たのは初めてだ。それも長かったはずの髪が短く切りそろえられている。幸いこちらに気づくことはなく足早に人波へと消えていたが、これまで王宮で目にしていた彼女とはどこか違うように感じた。

「そういえば最近顔を見ていなかったけれど、今日は買い出し当番なのかしら？　またお勧めのお店を訊いてみたいわね」

「君、また来るつもりなの？」

何気ない一言はしっかりと拾われていたらしい。

「さあ、どうかしら」

笑顔ではぐらかせば答えそのものだ。

「君、こんなことばかりしていると本当に貰い手がなくなるよ」

ノアは呆れるように肩を竦める。

「その時はその時ね！　独りでだって逞しく生きていくつもりですからご心配なく。安心していいわよ」

「安心……」

複雑そうな呟きに、複雑そうな顔が並ぶ。

（そんなに独身の女性が珍しいのかしら）

まあ、珍しいだろう。特に王女ともなれば尚更だ。ノアの優しさは受け取るけれどそれ以上の言葉を返すことは出来そうにない。だからロゼは違う未来を語ることで安心させようと試みる。

「ねえ、ノア！　わたくし今日街に来て良かったと思うの。なんとなくだけれど、したいことが見えてきたわ。ベルローズ、いいえ。エルレンテは素敵な国ね！　わたくしもっとたくさんの人に知ってもらいたい」

今日知った楽しさをたくさんの人と共有することが出来たら、悲しい未来なんて訪れることはないと思えた。

（そうよ……どうしてこんな簡単なことに気づかなかったのかしら！）

ふいにおかしいと感じることがあった。けれどそれを変えることが使命なのか分からない。変えるためにも何をすればいいのか答えが見つからなかったのだ。

「貴方が答えをくれたのよ」

その称号があれば祖国のために何でも出来そうな気がする。

「わたくし観光大使のようになりたい」

ノアは初めて聞く言葉だと言った。単語としての意味ならもちろん理解も出来るが、初めて聞く称号らしい。

「博識な貴方が知らないのなら、この世界では一般的ではないのかしら。けれどそうなれたら理想的ね」

自国のために奔走する、それはまさにロゼの思い描く姿と重なっていた。

「俺にはそれがどんなものかわからないけど、君なら出来ると思う。君という人がここまで強くなったことに比べれば、だいたいがずっと現実的だよ」

つまり王女が武闘派になるよりは何もかもがずっと現実的だそうで。

「またいつか、こうして君の隣を歩けたら……楽しいだろうね」

一日を振り返るようなノアの呟きに別れが近いと思い知らされる。けれど彼は次を望んでくれた。

「わたくしこれからは本格的にベルローズを訪れるつもりよ。だからね、貴方さえよければいつでも叶うのよ」

「そっか、俺次第なんだ……」

「わたくしも、また今日のように歩けたら嬉しい」

嬉しいと口にしたのは自然なことだった。洋服選び一つで必死になるほど楽しみにしていたのだから当然だ。ロゼにとっては何気ない一言だったけれど、ノアはその言葉にしっかりと背中を押されていた。

ローゼス・ブルーに登場するノアというキャラクターは暗い、というより無表情が多かった。笑うことはあるけれど作り物めいているというのが正しいかもしれない。もちろん主人公という存在が彼の閉ざされた心を癒すわけだ。
けれど今そこにいる彼は――ノアは自然と笑ってくれるように感じる。だからこそ思う、暗殺者なんて悲しい道を辿らなくてもいいのではと……

（というか彼、ここから暗殺者になるのね⁉）

これから何かがどうにかして結果がロゼブルの暗殺者である。

この平穏が壊れるのはいつ？

「ちなみにノアにはなりたいもの、将来の夢はあるのかしら？」

ここで暗殺者と宣言されてしまったらどうしよう。それでもロゼは訊かずにいられなかった。

「なりたいものというか、俺の仕事は君も知ってるよね」

その通り。彼は定職に就いている。

（そう、よね。王宮でしっかり働いてくれているわ）

けれど将来ノアは暗殺者になる。それがロゼブルの運命だ。そして――

（ノアは、いずれリーシャが恋をするかもしれない相手）

ずっと見ないふりをしてきたけれど、もう手遅れだ。

ノアはアイリーシャのために暗殺者にならなければいけないのかもしれない。

いつか彼がアイリーシャを守ってくれる人なのかもしれない。

（こんなのまるでそうなってほしくないと望んでいるみたい）

けれど確かにこの瞬間、ノアが暗殺者になる未来が来なければいいと考えた。このままの関係が続けばいいと願ってしまった。彼はいずれアイリーシャを愛してしまうのかもしれない、そう考えた。

（ごめんなさい、リーシャ。こんな叔母さんで、ごめんね……）

一度気付いてしまえばもう遅い。必死に忘れようと頭を振った。これ以上深入りしてはいけないのだと思う。いっそ運命なんて忘れてしまえたら――

「もう限界かな……」

まるでロゼの心の声を表したような言葉だった。壊れる寸前の切迫したもの。けれどそれはノアの呟きである。

「あの、何か……何が？」

何が限界なのだろう。もしや振り回し過ぎてしまったのか。

「いや、ちょっとね」

曖昧な答えしか得られない。しかもこれをきっかけに口数が減ってしまう。ロゼはノアの姿を見るたびに躊躇いを覚えるようになった。アイリーシャに対する罪悪感なのだろう。ノアも横顔を見つめているだけでロゼの憂いに触れようとはしない。その気遣いが有り難くもありもどかしいなんて贅沢な悩みだ。

（情けないわね。これからリーシャに会うのだから、しっかりするのよ！）

アイリーシャに会うのを躊躇うなんて初めてだ。なんて不甲斐ない叔母だろう。誰に咎められることもないというのに、後ろめたくなってしまう。だからせめてものお詫びにお土産をと閃いた。

「疲れているところ悪いけれど、よければもう一軒付き合ってもらえる？」

「俺が君より先に疲れるわけがないよ。どこが見たいの？」

「リーシャにお土産を買いたいのだけれど、行き先は決まっていないわ。この前ね、リーシャがお義姉様に教わりながらクッキーを焼いて、なんとわたくしにも食べさせてくれたのよ。そのお礼も兼ねて」

甦るのはアイリーシャの成長――

懸命にはいはいしてはロゼの元までやってきてくれたこと。一人で立ち上がり、広げた腕の中に飛び込んできてくれたこと。そして初めてロゼお姉様と呼んでくれた時の感激といったら語りつくせない。あの宝石のような紫の瞳にロゼの姿を映し、にっこりと微笑んでくれた。それが今や手作りクッキーである。もはや可愛さの凶器。

「君って本当に彼女のことが大好きだよね。とても頻繁に通っているみたいだし」

「わたくしの生きる意味、なんて少し大げさかしら。とても可愛い姪っ子なんですもの。現在六歳よ！」

写真に収められないのが悔やまれる。

「ふうん……ちょっと妬きそう」

彼は、今、なんと言った？

（も、もしかしてノア、まさか……まさかもうリーシャのことが気になっているの⁉︎）

脇役（ロゼ）と攻略対象（ノア）が出会っているくらいだ。主人公（アイリーシャ）との接点があってもおかしくはない。

「貴方、リーシャに会ったことはある？」

ごくり、喉が鳴る。

「さすがに直接顔を合わせたことはないけど、陰からは何度もね。君と一緒にいるところはよく目にするよ」

さすがに顔を合わせたことはないけれど、ノアが一方的に姿を見かけてはいるらしい。

（これは一目惚れという事象も念頭に置いて行動する必要がある？　リーシャはとても可愛いからそんなことになってもおかしくないわ。だとしたらわたくしが選ぶよりもノアが選んだ方が将来のため？　未来の二人のためにも一肌脱ぐべきかしら……）

小さな痛みが胸に走る。どうして胸が痛むのか。病気でもないくせに、どこも怪我なんてしていないのに。

一つ気付くたびに現実を突きつけられていく。痛んだ胸には気づかないふりをしていよう。それがみんなのためになる……

「ロゼ。考え込んで、どうかした？」

「お土産を、何が良いか考えていたのよ」

「君が選んだものなら何でも喜ぶんじゃない？　あの子もあの子で君のことが大好きだし。本当に妬けるよね」

貴方、アイリーシャのことが好きなの？

そう直球で聞けたら早いのだが、素直に好きですと答えられるような間柄ではない。だからロゼに出来るのは察して行動してやることだ。

（リーシャが大きくなったら……実は昔から好きでしたという王道展開になったりするのかしら？

けれど二人の間には身分という壁が立ちはだかっていてロマンチック……って乙女ゲーム的妄想をしている場合じゃないのよ！）

「ノアは何がいいと思う？」

「俺？」

「ええ。お土産というか、プレゼントと考えてもいいわ」

「誰にもあげたことないよ」

「ならいい経験です。貴方なら何をプレゼントするかしら？」

「………ちょっと、普通のプレゼントって思い浮かびそうにないや」

長い沈黙は真剣に考えてくれた結果だろう。

「やっぱり君が選んであげて。彼女もその方が喜ぶと思う」

「そんなこと……でも無理を言ってしまったみたいね。ごめんなさい。わたくしも大したものは選べないけれど、リーシャは花が好きなのよ」

「君も好きだよね」

「ええ。お花はどうかしら？　もちろん将来の参考にしてくれて構わないのよ！」

「いつか誰かに花を贈れって？」

「誰かというか……リーシャに」

「俺が？　贈り物なんてする柄じゃないし、贈ることが許されるような相手でもないよ」

自嘲気味なノアには挫けてほしくないと思う。

「簡単に諦めないで！　ええ、諦めないでちょうだい。そう例えば――毎日同じところに同じ花を置いておくのよ。リボンなんて添えるとロマンチック度が増すわ。これは誰が？　と不思議に思いながらも、落ち込んだ時や苦しい時、彼女はその花の存在に助けられるのよ。そして次第に貴方は誰なのと姿も知らない相手のことが気になっていく、なんて展開があるかもしれないでしょう⁉

これ王道ですから。だから諦めてはいけないと思うの！」

「……えっと、君の熱意はよく分かった。とにかく花だね。うん、行こうか」

若干引かれたかもしれないと思うロゼである。これもすべて前世でのゲームと漫画の読みすぎだ。

頭を振って妄想を追い出したロゼの前には鮮やかな花が並んでいた。手を引くようにしてノアが連れてきてくれたおかげだ。

「どれにする？」

大仕事の始まりだ。ロゼの花を見る瞳は真剣で、花屋の店主が微笑ましい眼差しを送っていることにも気づかない。

まず、現在六歳のアイリーシャはとにかく可愛い。無邪気でありながらも姫としての気品を兼ね備え、それでいて主人公としての愛らしさも詰まっている。完璧か。そんな姿を想像しながら選ぶのだ。

「参考までに意見を聞かせてもらえると助かるわ」

「君はどれが好きなの？　それでいいんじゃない」

「わたくしでは駄目なのよ。眩いばかりの金に、高貴さ漂う紫の瞳の女性を思い浮かべて選んでちょうだいね」

（そう、わたくしでは駄目。わたくしの髪は緑。どう頑張ったってリーシャのようにはなれない）

「それじゃあ……これは？」

ロゼが意識を飛ばしているうちにノアも覚悟を決めたようだ。

ノアが選んでくれたのは大輪のバラでも燦然と君臨するユリでもなく、小さな花が連なるフリージアだった。

鋭く伸びた緑の葉に小さな花がいくつも咲いている、まるで稲穂のようなシルエットの花。あまり花束では見かけないが、それだけに珍しくもある。色の種類も豊富で見た目も可憐となればアイリーシャにもぴったりだ。さすがノア、やれば出来る。

「お客さん、随分と珍しい花を選ぶんだねえ」

真剣に花を選ぶ小さな二人に店主も興味を示したようだ。

「これ、そんなに珍しいの？」

自分の選んだ花の情報が気になるのかノアが質問する。

「まあ、春の花としては一般的なんだけどね。バラに比べたら珍しい品選びと思っただけさ。気を悪くしないでおくれよ」

「別にしないよ。ただ、似合うと思ったから」

「へえ、プレゼントかい？」

「そうみたい」

「そりゃ微笑ましいこった。若いのにたいしたもんだよ！　ベルローズの男どもは花を贈るっていう気遣いに乏しいもんだが、あんたは将来いい男になりそうだ」

「本当？　俺、なれるかな？」

「ああ、あたしが保証してやる。そういうことならあたしも一肌脱がせてもらおうかね。ほら、こっちの花もおまけしといてやるよ」

ノアと店主はいくつか言葉を交わしている。フリージアだけでは味気ないからと白い小さな花を添えることを提案してくれた。やがて紫のフリージアを主役にした花束が作られていく。ロゼはその様子をどこか遠くから見守っていた。

ノアが選んだのは紫色だった。さんざん紫を強調したせいもあるだろう。そもそも深い意味はなく、ただの偶然かもしれない。前世とエルレンテの花言葉が同じとも限らない。根本からして聞いた話が間違っている可能性だってある。けれど、でも——誤魔化そうとしても一度浮かんだ考えは消えてくれない。

（紫のフリージアの花言葉は……）

『憧れ』だ。

（憧れているというの⁉　某王女に⁉）

ロゼがあらぬ誤解を拗らせているうちに花束は完成する。

「はい、どうぞ」

差し出されては条件反射に受け取ってしまうものである。まるで自分に贈られたような錯覚におちいるが勘違いしてはいけない。両手で慎重に受け取れば軽いはずなのにとても重く感じた。持ち帰り、無事に渡すことがロゼの使命だ。

あれほど澄み渡っていた空には厚い雲が広がり、雨が降る前にと足早に王宮を目指した。無情にもこの時間の終わりを告げられているようで恨めしい。けれどそれで良かったのかもしれない。これ以上ノアと共にいてどんな顔をすればいいのかわからない。平然と笑い続けていられる自信がないのだ。空はロゼの心のように重たい色をしていた。

冷静さを取り戻せば浮かれていた自分が恥ずかしくなる。服装一つに必死になって、勝手に優越感に浸って……。全ては未来のアイリーシャへと繋がっているのに、愚かだと現実を突きつけられていた。

この時すでにノアは覚悟を決めていたのだ。

いつだって自分のことばかりで、ノアの変化に気付けなかった。いくら後悔しても遅いけれど、もっとノアの表情に気を配れたら、何か変わっていたのかもしれない。ロゼが考えるよりずっと、二人の関係は危ういものだった。

気付いた時には別れが迫っていた。

第十三章　姪への贈り物

王宮に戻る頃にはノアの姿は消えていた。

一人になったロゼは『お忍びで街を歩いたりしていませんよ』という何食わぬ顔で王宮の廊下を歩いている。もちろんアイリーシャの元へ向かうためだ。同じ離宮に暮らしているのでご近所のようなものである。

「ごきげんよう、リーシャ」

人形から手を放し、ぱっと視線を向ける姿はとにかく愛くるしい。この笑顔が見られる尊い瞬間だ。ついつい頻繁にアイリーシャの元を訪れては兄から嫉妬されている。

「ロゼお姉様！」

しっかりとした発音に軽やかな声が響く。ロゼの顔を見るなり走り寄るのは六歳になった姪である。

きらきらと輝きそうな髪を揺らして突進するのかと思われたが、ロゼの前までやって来るとドレスの裾を持ち上げてお辞儀する。淑女として完璧なものではないけれど、たどたどしいからこその魅力が詰まっていた。

「ごきげんようです。ロゼお姉様」

「きちんと挨拶出来るなんて偉いわね」

「挨拶はロゼお姉様のような立派な淑女への第一歩なのです！　お母様が教えてくださいました」

アイリーシャは得意げに話す。ミラの教育はしっかりと根付いていた。

「今日はどうされたのですか？　リーシャ驚きました。でもお会い出来て嬉しいです！」

「以前お菓子を作ってくれたことがあったでしょう。とても美味しかったわ。一緒に食べられなくて残念だったけれど、わたくしの分も用意してくれて嬉しかったの。これはそのお礼を込めて」

本当は不甲斐なさへのお詫びも込めているけれど笑顔を曇らせてはいけない。これから渡すのはノアが選んだ花なのだから。

「リーシャにですか！」

「ええ。貴女のために選んだの」

（正確には二人で……）

「感激です！」

メイドに頼んで花瓶を用意してもらうことになった。

花瓶を用意してくれたメイドはオディールと仲が良かったと記憶している。今日も彼女は仕事に来ていない。

「一つ訊きたいのだけど、オディールは元気かしら？　このところ見かけないようだけど」

そのメイドは顔を曇らせた。街で見かけた様子は変わらない印象だったけれど何か良くないことでも起きているのか。

「オディールは結婚して、王宮を退いたのです」

語られたのはおめでたい話である。けれどその表情はうつむきがちに曇ったままだ。

「彼女に何か？」

「あの子、実家からの縁談を断って……家を出たんです。勘当されたんですよ。だから実家の伝手で得た働き先にいることは出来ないと……」

「そうだったの……」

オディールの実家は貴族に名を連ねている。おそらくは家のための結婚だったはず。それでも彼女は愛した人を選び家を出た。美しい話に聞こえるけれど実際は簡単ではない。貴族として育った娘が庶民として生きていくには苦労が伴う。

「力になれたら良かったのに……」

何も言ってくれなかった。けれどはたして相談されたとして、力になれたのだろうか。国の未来さえ確証の持てない少女に何が出来たのだろう。

悔しさに俯けば、メイドは嬉しそうに語る。

「そのお心だけでオディールも幸せだと思います。申し訳ありません。姫様に聞かせる話ではありませんでした」

「いいえ、わたくしが訊いたことよ。貴女にも辛い思いをさせてしまったわね。貴女、オディールと仲が良かったでしょう」

「姫様は本当に良く見ていらっしゃいますね」

王宮内で見ない顔がいても気付けるようにしているのだ。役立ったこともあるのでそれ以降はさらに積極的に使用人にも声をかけ、出来る限り名前も覚えるようにしている。

「話してくれてありがとう」

「彼女も姫様に会えないことを寂しがっていましたよ。私も本音を言えば少し寂しいです。彼女、明るさが取り柄でしたからね。でももう二度と会えないわけじゃありませんし！　嫁ぎ先はベルローズですから、普通に街で暮らしていますよ」

「ああ、それで……」

（それで街にいたのね。街での生活には苦労していないかしら……でもあの時見たオディールは、幸せそうだった）

辛さなんて感じていない、そういう顔をしていた。嬉しそうに買い物かごを抱えどこかへ向かっていた。家に帰る途中だったのかもしれない。王宮で見ていた笑顔と変わらない明るさを感じた。勝手な都合の良い解釈かもしれないけれど、そうであってほしいと願うくらいには親しいメイドだった。

（……待って）

一度浮かび上がればオディールの名が頭から離れない。彼女は優秀なメイドだった。仕事が完璧だということはもちろんだが、彼女の明るい笑顔には元気を与える力があると思う。傍にいてつられて笑ってしまうような、そういう人懐っこさがあった。加えて社交的だ。彼女なら街での人間関係も上手く築けるだろう。

（わたくしがしたいことには協力者が必要。オディールは適しているんじゃないかしら）

次第には、もうこれしかないのではと構想ばかりが固まっていく。共犯者を見定め、ロゼの口角はにやりと上がっていた。とてもメイドには見せられない顔だ。

（――と、いけないわ。リーシャを放置してしまうなんて！）

「リーシャ、待たせてごめんなさい」

アイリーシャは花を見つめて唸っていた。声をかけると今度は花とロゼの顔を見比べて不思議そうに唸り続ける。

「これはお姉様が選ばれたのですか？」

「多少は第三者からの意見を参考にしたけれど、もしかして気に入らなかったかしら……」

「いいえ！　とても素敵です。ただ、お姉様にしては珍しいお花で。まるで……お姉様のようですね」

「わたくし？」

「リーシャよりもロゼお姉様に良く似合いそうです！」

アイリーシャに花を贈ったことは初めてではない。確かに初めて選ぶ花ではあるけれど。そんな些細なことですら覚えていてくれた姪の優しさに感動したのは置いておくとして。

「そうかしら？　リーシャに良く似合うと思うけれど……ほら、貴女の瞳と同じ色よ」

「お姉様も同じですよ？」

「あ……」

すっかり失念していたけれど、確かにロゼの瞳も同じ紫である。

けれど主人公とは違う。彼女のように、太陽に愛された証である金の髪を持ちはしない。ロゼの髪は森の中に入れば埋もれてしまいそうな緑色だ。

何も知らずに無邪気に笑えるほど純粋でもない。けれどアイリーシャは違う。愛される主人公、それがアイリーシャなのだから。

(わたくしとは違う。わたくしは主人公にはなれなっ――)

納得してしまえば簡単なことだった。

(わたくしずっと、リーシャのことが羨ましかったのね)

認めたくなかった。認めてしまえば心の中が黒く染まっていく。

無邪気に笑える姿が。誰からも愛されるような笑顔が。愛されるために生まれてきたような容姿が羨ましい？　それは違う。本当に羨ましかったのは……

(ノアと出会うことが決まっているからよ)

勉強、楽器、運動、仕草、容姿。いずれも幼いながらに堪能、なんでも出来て将来は王への道が約束されているアイリーシャはロゼにとっての誇りだ。これだけ恵まれた人生を歩んでいるというのに一度も妬んだことはない……はずだった。けれど今日、初めて気付いてしまった。ずっと羨ましかったのだ。そんな自分が酷く醜い存在に思えた。大好きなアイリーシャにこんな気持ちを抱くなんて叔母失格だ。

「ロゼお姉様の分身だと思って大切にします。すぐに花瓶へ、それから押し花にしようと思います、今日の記念に！　お姉様がリーシャに下さった宝物ですから」

　無垢な笑顔に暗い気持ちが照らされる。

（これは……わたくしが攻略されている気持ちだわ。こんな笑顔を見せられて嫌いになれるわけがない。むしろ攻略対象たちが羨ましいくらいよ）

　たとえ納得しても嫌いになれるわけがない。どうしたって、何があろうと大切な姪なのだ。

「あの、一つお訊きしたいことが」

「改まってどうしたの？　わたくしに答えられることなら何でも訊いてちょうだいね」

「お姉様はご病気なのですか⁉」

（んっ？）

「リーシャは聞いてしまいました。お姉様がご病気で、大人になるまで生きていられないかもしれないと！」

「あ、ああ、そのこと……」

　泣きそうになるアイリーシャの背をさする。自由を勝ち取るためとはいえ、大切な姪に心配をかけるのは心が痛い。

「大丈夫よ。わたくし運命になんて負けたりしないわ。生きて貴女が幸せになる姿をこの目で見たいもの」

「リーシャもです！　リーシャもお姉様が幸せがいいです！」

「ありがとう。そのためには、やっぱりリーシャが幸せになってくれないとね」

言葉と共に抱きしめる。

「わたくしはリーシャが大切、大好きよ。この気持ちに嘘偽りはないのだから、リーシャのためなら頑張れる」

（心配しないでリーシャ。わたくしは貴女の良き叔母であり続けるわ）

ノアとの恋愛が許される立場にいるアイリーシャが羨ましいなんて思ってはいけない。愛する人のために身分を捨てられたオディールを羨ましく思うのも秘密だ。

（誰にも告げてはいけないわたくしの心……）

ところで入るタイミングを逸したミラが外で号泣していることをロゼは知らない。こうしてまた一つロゼが兄から妬まれることになるわけだ。

第十四章　別れと約束

疲れて気絶するように眠ることもあれば、悩みに苛まれ眠れないこともある。

街で過ごした興奮、自覚したアイリーシャへの想い――たくさんの感情が押し寄せてはロゼの頭を悩ませ覚醒させる。今日は眠れない夜だった。

時計を見るのが怖い。明日の顔色と肌艶も怖い。早く寝なければと必死になるほど気がかりが増えていく。例えばノアの意味深な発言とか――

ふいに風を感じた。優しく頬を撫でられてロゼは飛び起きる。窓は閉めていたはずだ。

「誰かいるの？」

意図して怯えを演じた。その方が相手は油断するので都合がいいと計算までしているのだから勇ましい。いざとなれば戦う算段である。部屋に隠している武器の位置を確認しているところだ。

「俺だよ」

「ノア⁉」

闇を縫うようにもたらされた声に緊張が解ける。

「何かあったの？」

傍に置いていた薄いショールを探しベッドから飛び降りる。何度もうった寝返りで乱れた髪を手で押さえ、ショールを羽織った。

「普通は王女の部屋に無断で入ったことを咎められる場面なんだけどね。そう心配されるとは思わなかったよ」

「咎められるはずないでしょう。だって貴方……」

「俺？」

「寂しそうだわ」

「ああ……正解。別れって、寂しいものなんだね。ちょっと驚いてる。もう決心が鈍りそうだ」

「ノア？」

「ロゼ、これを」

目の前までやってきたノアに暗闇の中、差し出されたのは小さな箱だ。ロゼの好きな赤いリボンが結んである。

「わたくしが開けても？」

「もちろん君に」

そうまでいうからには今ここで開けろということなのだろう。何が出てくるというのか……リボンを解き箱を開けるだけの動作に緊張してしまう。

「そんな、まさかこれって――」

にじみ出る感動、ロゼは瞳を輝かせている。

「なんて素敵なナイフなの！」

おそらくロゼでなければ女性にナイフかよとツッコミを入れただろう。しかし相手はロゼである。

「ほらね、俺じゃ普通のプレゼントにはならない。これでわかったでしょ」

「プレゼント？」

「そう。気に入ってくれた？」

「わ、わたくしに⁉」

さらっとロゼが普通ではないといっているのだが感動のあまりスルーしてしまった。

「だってこれ本当にとても素敵よ。小ぶりで、柄も握りやすいわ。しかもケースまで付属しているなんて、これならドレスに隠していつでも持ち歩けそうね！」

「うん、そうして。やっと花を選ぶ君の気持ちがわかった。贈り物って緊張するんだね」

「緊張？」

「そうだよ。初めてだって言ったよね？　それでしっかり自分の身を守ってほしい。本当は俺がずっと傍にいられたら良かったけど」

まるで別れの言葉だ。暗殺者という単語がロゼの心を占めていく。昼間に繋いだはずの手が震えていた。

（また次があると、そう期待していたのはわたくしだけだったの？）

ノアは瞳に強い決意を宿している。

「俺は護衛に向いていない。だから、ここを出ていく」

（ええ。それは昔から知っていたわ）

ノアの本質が護衛ではなく暗殺に特化していることはロゼブルプレイヤーには常識だ。

「どこへ、行ってしまうの？」

「さあ、どこだろう……」

まだ決めかねているのかもしれない。それとも去ること自体に迷いを抱いているのかもしれない。

まだ止めることは出来るのだろうか。

「貴方、エルレンテが嫌になってしまったの？　わたくしたち、せっかく友達になれたのに！」

好敵手（ライバル）だけではなく友達と呼べる関係を築けたはずだった。けれど彼はゲームの運命に身を投じようとしている。

もしもここで行かないでと伝えれば、留まってくれるだろうか――

「俺はね、君の友達になりたいわけじゃない」

ノアは苦しそうに視線を逸らす。淡い期待は粉々に打ち砕かれた。

本当はすぐにでも行かないでと叫ぶはずだった。けれどここまで明確な拒絶を告げられてはとても口にすることは憚られた。

（そんなこと、わかっていた。わかっていたことよ。本来出会うはずのないわたくしたちが友達になれるなんて、あり得ないことなのね。ノアはリーシャと出会うために存在しているのだから。それでも……）

「貴方が嫌でもわたくしは友達でいたかった。好敵手でいられて、友達になれて嬉しかったわ」

たとえ止められなくても最後の別れならせめて伝えておきたい。

（この人はわたくしの言葉では止められないのね）

友達でもなんでもないと宣言されたばかりだ。

「うん、ありがとう」

それなのに狡い人だ。友達になりたくなかったと突き放しておきながらありがとうなんて、あまりに酷い。期待してしまいそうになる。

「だからこそ俺は、ここにはいられない」

「あの、それはどういうこと……？」

「例えば君が国王陛下の暗殺を企てたとする」

「しないわよ⁉　さらっと怖いこと言わないでくれる⁉」

ビックリして決壊寸前の涙も吹き飛んだ。危険思想の片棒を担がせてくれるな。

ロゼの否定を無視してノアは仮定の話を進めていく。

「俺じゃ陛下を守れない。そんな人間は必要ないってさ。護衛失格だって、ボスにも言われた」

「ねえ、ノア。わたくしより貴方の方が何倍も強いわ」

何度も膝をつかされてきたのはロゼの方だ。同じことをしても息一つ切らさずにこなしてみせるのがノアである。

「そうだね」

謙遜もない。しかし事実なので悔しさはなかった。

「でも、それでも俺は君を殺せない」

ノアの判断基準がいまいちわからない。

「ノア、一つだけ確認したいのだけど……貴方エルレンテが嫌いなわけではないのね？　こんな国亡んでしまえーとか願ったりしていない⁉」

「もちろん。俺に祖国というものはないけれど、この国は好き。だって君がいる。だから約束するよ。必ず君がいるエルレンテに帰ってくる」

「帰ってきて、くれるの？」

「誓うよ」

当たり前のように望んでいた答えをくれた。

「なら、わたくしは！」

（行かないでなんて言えない。ならせめてわたくしから伝えられることは――）

「貴方が帰るエルレンテを守ります。ずっと、ずっと、エルレンテは亡びませんから！」

ノアは祖国がないと言った。けれどエルレンテを好きだと言ってくれた。だとしたらノアが悲しまないように国を守るのがロゼに出来ることだ。

「よろしくね」

「もう行ってしまうの？」

「色々と挨拶は済ませたからさ。冷やかされる前に退散するよ」

「わたくし冷やかしたりしないわよ？」

そんなに無粋だと思われているのか。無粋といえば確かに、別れの場面だというのにロゼは貰ってばかりだ。普通は残る方が旅立つ相手に贈る場面だろう。

「もっと早く言ってくれたら、わたくしも何か用意しておいたのに」

そこには少しの不満が混じっていた。エルレンテのことを忘れてほしくなかったし、ノアの無事を祈るためにも何か用意しておきたかった。

「……ねえ」

ロゼがあれこれ悩んでいるうちに目の前の影が動く。それは闇に紛れるように素早いものではなく、ロゼの目に映ることを望むようにゆっくりと進む。

肩へと伸ばされたノアの手を追えば羽織っていたはずのショールを頭から被せられた。

「ノア？」

視界を塞がれ不安になるかといえば、そうではない。よく似た光景に覚えがあった。

ロゼのショールは純白だ。白に閉ざされた視界はまるで結婚式のヴェールのようだ。

（結婚式ではヴェールの先に待つのは運命の人と決まっているけれど……）

被せ、そしてショールを上げてくれたのはノアだ。彼だけがそこにいて、いっそ世界に二人だけのような心地がする。

けれどこれは偽りだ。実際にはあり得ないことだとロゼは自覚している。

距離の近さにロゼは身を引こうとした。少年とはいえ美しすぎる顔が目の前にあっては緊張もするだろう。けれどロゼが動くよりも早くノアは踏み出す。

ほんの一瞬、二人の影が重なった。

「これでいいよ」

唇が触れ、離れていく。薄い布に閉ざされた世界、それは二人だけの秘め事となった。

「い、今――、あ、貴方っ⁉」

吐息が触れそうな距離にノアがいて、言葉を紡ぐことさえ躊躇う。怒ればいいのか、叩けばいいのか、しかし身体は微塵も動かない。

「二十三歳まで結婚出来なかったらさ、その時は俺が貰ってあげる。だから安心していればいいよ」

「あ、の……それは、それって……」

どう答えればいいのだろう。

どう応えることが出来るのだろう。

ロゼは王女だ。本当に必要があれば嫁がなければならない。必ずしも二十三歳までという我儘を貫き通せる保証はどこにもない。この先戦争になれば——必要となれば首を差し出すことだってある。何よりも……

(貴方はいつかリーシャと出会うかもしれないのに?)

彼はいつかアイリーシャが好きになるかもしれない人。

いつかアイリーシャを好きになるかもしれない人。

未来の光景(スチル)が浮かんでは消える。そこにいるのは主人公(アイリーシャ)とノアだ。

(こんな、エンディングに名前も載らないようなわたくしではなくて、本当はリーシャと出会いたかったでしょう? わたくしは、わたくしの存在で貴方を縛りたくないのよ)

「貴方に相応しい人はきっと……太陽を浴びて輝く金に、何物にも代えがたい紫の瞳を携えた女性(ひと)だと思うわ」

ノアのためにも確かなことは言えないし、言ってはいけない。いつかロゼという存在が足かせにならないように細心の注意を払う。

「だからこれは約束なんかじゃなくて、拘束力なんてものないわ。いつでも忘れてくれて構わないのよ!? でも、でもね……」

せめてこれだけは伝えることを許してほしい。

ロゼはとっさに背を向ける。彼の表情を見ているのが怖かった。見つめていたらそれだけで泣いてしまいそうにもなる。

「貴方がいてくれるなら、安心ね」

絞り出した想いは届いただろうか。いっそ一思いに嬉しいと告げられたらどんなによかっただろう。けれどそれはロゼの矜持が許さない。

「行ってらっしゃい」

「うん、ありがとう。行ってきます」

帰ってくると約束をした。ならば送り出すために別れの挨拶は相応しくないだろう。

最後までノアが振り返ることはなかった。きっとロゼの顔を見ていたら抱きしめに戻っただろう。そして今度こそ物陰から冷やかされていたに違いない。

ロゼはその姿が闇に消えるまで見つめていた。一人になってからはナイフを握りしめ、あるいは立ったまま固まっているともいえる。

「ノア。わたくしね、本当は……」

(とても嬉しかったのよ)

決して口にしてはならないことを思った。

どうして出会ってしまったの？　きっとこれから先、何度も問いかける。その度に胸を締め付けられて苦しくなるのだ。それでも出会わなければ良かったとは思わない。ノアと出会って、ロゼは支えられてきた。

分かれた道はどんな未来へ続くのだろう。また道が交わることはあるだろうか。

（わたくしはそれまで生きていられるのかしら）

一人世界に取り残されてしまったように穴が開いている。これを寂しさと呼ぶのだろう。いっそついて行きたいと願ってしまえば楽だったのかもしれない。考えて、すぐにあり得ない選択だと首を振った。苦しくてもここで生きると決めたのはロゼ自身だ。それにノアは約束してくれた。

（守りたい未来に、貴方との約束がある）

今宵エルレンテは将来リーシャが治める国であり、ノアが帰る国となった。

（わたくしは主人公ではないけれど、もう一度ノアに会いたい。こんなところで人生終わらせるわけにはいかないのよ。足掻いて足掻きまくってみせるわ！）

滅亡回避への決意がより一層高まった夜である。

第十五章　男同士の密談

時は少しだけ遡る――

これはロゼの知らない物語。ノアが彼女の部屋を訪れる前の出来事だ。

深夜、エルレンテ王宮のとある一室では未だ明かりが消えていなかった。

部屋の規模は大人二人がテーブルを囲むにはちょうどいい。王とその腹心が過ごすには豪華さに欠けるとはいえ密談をするには適している。たまには妹抜きで、男同士腹を割って話したいこともあるのだ。

テーブルには年代物のワイン、酒の肴には熟成されたチーズが並んでいる。

「てかさあ、本当に良いわけ？」

態度はけだるげに、しかし直球を投げたのはレイナスだ。

「今更ですね」

主語が抜けているというのにレオナールはきちんと理解していた。こうした議題で集まるのは一度や二度ではなくもはや心得ている。

「それを問うのであれば、お前が勝っていれば何も問題はなかったと思いますよ」

グラスに注がれたワインを揺らし、さらには憂いに瞳を揺らすレオナールからの猛攻である。

「痛いとこ衝かないでホント お願い。妹に負けて割と結構本気でヘコんでるから」

効果は抜群だ。

議題はもちろん不在の妹についてである。というよりその話をしたいがために男同士の場が設けられたともいえる。彼らはまた一つ妹姫の縁談を断った後だった。

「陛下。歓談中、失礼します」

扉の外から呼びかけられる。兄でも弟のものでもないそれは少年を連想させた。しかし一国の王を前にしても萎縮しない力強さを秘めている。

「はあ……。なんです？」

久しぶりの兄弟水入らずの時間は始まったばかりだ。いきなり邪魔が入るなんて――不満からきつくなるレオナールの声にも臆した様子は見られない。

真正面から扉を開けて入室するのは白髪(はくはつ)の少年だ。とても執事には見えないし、なにより服装は直属護衛達のように影を連想させる。立ち姿には堂々とした風格を感じさせた。

しかし周囲は――さらに詳しくいえば周囲の物陰は大変なことになっていた。

彼らの仕事は陰から国王陛下を守ること。それが堂々と主君の前に姿を晒しているのだ。しかもドアから入ってくるなど前代未聞。いたるところで影がざわついている。もちろん悟られないように配慮はされているが。

「話があります」

「お前は確か……」

レオナールの脳裏にはかつて妹を助けてくれた存在がよぎる。追及することはなかったが、白い影を見たような気がしていた。

「白髪の、将来有望な少年がいると聞いたことがあります。お前のことですね」

「あ、込み入った話なら俺は出てるけど?」

「レイナス様にも同席願いたくこの場をかりました」

「俺も?」

「はい。実はロゼ……ローゼリア様のことでお話が」

「あいつまた何かやったの⁉」

早い。なんて早い反応だろう。ロゼがいれば「なんの常習犯ですか！」と睨みそうな言いがかりである。

「いいえ、彼女は関係ありません。これは俺が勝手にしていることで！　どうかローゼリア様の耳には入れないと、勝手ばかりですが約束してもらえませんか」

「いいでしょう。それで？　王の前に姿を現すとは相当の理由があるのですね。まったくあの子は何をして……」

レオナールは手で顔を覆う。おかげでその姿勢のまま固まる羽目になった。

「俺はこの仕事を辞めます」

「「「は？」」」

突然の退職願いに四方八方いたるところから困惑が上がる。同僚たちも彼が心配で見守っていたところだった。

「俺は陛下の護衛失格です。これ以上、自分の心を抑えることが出来ません。俺は、ローゼリア様が好きです」

「「「「「え!?」」」」」

ちょっと待て、誰だ。さらに困惑が増えている。

退職願いかと思いきや突然の告白に場は騒然。影という影からの声が重なり、もちろん兄二人のものも混ざっている。気配を消すもへったくれもない。もはやそんな状況ではないのだ。

「俺の一番大切な人はローゼリア様です」

多数の困惑を無視して熱烈な告白は続いた。そう語るノアは愛しげに目を細めており、どれほどその人のことを想っているのかが伝わる。

同僚の人間味溢れる姿に護衛たちはひたすら驚愕していた。ノアがロゼを訪ねているという事実は知れ渡っていたが、二人きりで何をしているかまではあまり知られていない。こっそり見守ろうとしたこともあるが容易く看破され追い返されている。

つまりは同時に脅威が迫ったとして、主よりもロゼを優先すると言いたいのだろう。そんな自分が護衛に留まることは許されないと自己申告しているのだ。

ヨハネ・ブランシエッタの一件はロゼだけでなくノアの意識も変えていた。ヨハネについては顔を合わせるようなことがあればそれなりの制裁を加えるとして。同じような事件が起きた時、自分にはロゼを優先することが出来ないと思い知らされたのだ。

「えっ、と、それは……」

さすがのレオナールもすぐには続く言葉を用意出来なかった。こんな時、兄はどうすればいいのか……。

「なんならロゼの護衛にでも転職しますか？　お前の実力は聞いています。手放すのは惜しいですから、私としてはそれでも構いませんが」

「お断りします」

明確な拒絶にレオナールだけでなく全員が首を傾げる。

「俺は彼女の隣に立ちたい。陰から守っているだけじゃ満足出来ない」

溢れそうな想いを耐え続けていたけれど、もう限界だった。

「護衛の身で不相応なことも理解しています。だからお願いに来ました。彼女が二十三歳になるまで結婚はさせないと、もう一度約束してください」

ロゼの意思を尊重してほしいと乞う。しかしノアの猛攻はまだ終わらない。

「そしていつか、俺が彼女に相応しい相手になれた時は結婚を許してください」

結論、ノアの訪問理由は婚約願いであった。

颯爽と沈黙を破った勇者はやはり国王陛下だ。その姿は狼狽(うろた)える兄としてではなく王としての威厳に満ちている。狼狽えるのはレイナスに任せてきた。

「お前の願いを叶えたところで得る物はありますか？　彼女はこの国の姫、それはあの子が誰よりも理解していることです」

レオナールはロゼの兄だ。一人の人間が妹のためにここまで申し出てくれた。純粋に兄として喜ばしいことではあるが、それ以前に彼は王である。王として、妹は可愛いけれど一時の感情に流されてはいけない。

「帝国最新の情報を約束します」

どことは具体的に口にしなかったけれど、帝国と名指しするからには彼の国以外にありえない。

「ほう、それは魅力的ですね」

各国には間者を放っているが、どこかで寝返る可能性も考慮しておかなければならない。レオナールにとって、ここまで信頼出来る情報源はないだろう。なにしろノアの行動原理はロゼである。まず危険を承知でロゼのために啖呵を切った。これを世迷言だと疑う余地はない。

「ロゼのためにそこまで……。それほどまでにお前は、その……妹のことが、その……好き、なのですか？」

おそらく全員が訊きたかったことを代弁する。

「たとえローゼリア様が二十三歳になろうとこの想いは変わらない」

これがノアの覚悟だ。けれど周囲にはあまり伝わっていないと見える。ならば最もわかりやすい覚悟とは――

「彼女のためなら誰を敵に回したっていい。望むのなら、陛下だって殺せる」

その実力が、覚悟があると言い切った。それは同時にこの部屋にいる全員を敵に回すということでもある。

ノアを襲ったのは多数の殺気だ。ここまで宣言されて黙っていたら護衛ではない。それすら承知でノアは宣言する。自身の有益さと、ロゼのための覚悟を最上級の形で示した。

緊張の糸が張りつめる中、最初に動いたのはレイナスだ。

「あーもー空気重いんだけど！　そんな奴さっさと条件呑んで追放した方が身のためですよ。ねっ、陛下」

しっしと追い払うような仕草を見せるのだ。

「レイナス様？」

「あとさあ、これは独り言なんだけど！」

どこかへ視線を逸らし、ぶっきらぼうに頬杖をつく。

「妹のこと、真剣に考えてくれてありがとな。あいつ王女としてはちょっと変わってるけど、大事な妹なんだよ」

レイナスの想いを受け取ったノアは最高の形で報いようとした。

「いずれお義兄さんと呼ぶことを約束します」

しかし思惑は外れたようでレイナスは盛大にテーブルへ突っ伏した。

「それは複雑だからいらん！」

そんなやり取りを見ているうちにレオナールの厳しかった表情も緩む。まるでロゼとレイナスが話しているような賑やかさを感じていた。

「お前の扱いにくさ、どこかロゼを彷彿とさせますね」

「彼女いわく好敵手（ライバル）ですから」

ノアは得意げに語り誇らしそうだ。けれど本人の望む形とは違っている。

「俺にとって彼女は……」

太陽に輝く目映（まば）ゆさだとか、太陽に愛されただとか。ロゼはよくそうして姫の髪を褒めていた。

けれどノアにとっては緑の髪こそが愛された証のように思える。

「太陽みたいな人だ」

暖かくて陽だまりのようで、緑の髪を見つけては傍にいたいと願った。その髪に触れる権利がほしくてたまらない。花のように笑う姿が眩しくて、自分だけに笑いかけてくれたらと欲が膨らむばかりだった。

「最初は憎らしかったのにね」

小さな笑いと共に呼び起こされる光景は出会いの場面——

腕には自信があった。戦うことも、隠密も、護衛すら完璧だと自負していた。それなのにあの日、ロゼは見つけた。稀代の天才とも称えられる人間が、ただの王女に看破された。それが全ての始まりだ。おかげでこんな人間に魅入られてしまったとノアは自嘲気味に笑う。

しかしすぐに自業自得だと責任転嫁することに決めた。それほどまでにノアの自尊心は例の一件において酷く傷つけられたのだ。同僚から爆笑され苦しむ羽目になったのだから痛み分けということにしてもらおう。

同僚たちはローゼリア様は筋が良いともてはやし緩みきった表情を見せる。自分だけは違うと妙なこだわりを抱き、絶対に王女の前に現れてやるものかと意地になっていた。容易く晒してしまったけれど……。

全てが悔しくてたまらない。だからこそ文句の一つでもと見張っていたはずが、同じ人物かと疑うほどの表情から目が逸らせなかった。

苦しくて、辛そうで、痛々しい。寂しげで、今にも泣きだしそうだった。いつも凛としているくせに、ノアが見せられるのはそんな弱々しい顔ばかりだ。

あまりにも見ていられなくて、衝動を誤魔化すように話しかけていた。それにしたって苦し紛れに手合わせを申し出るとは情けない。きっとロゼでなければ断られていただろう。

とはいえ好機でもある。手合わせすれば何かがわかると、そんな打算から始まった関係だ。

結論が出るのは早かった。才能はあるが脅威にはならない、それがロゼの評価だ。

でもきっと何か秘密があるはずだと、理由をつけて探してしまう。一人きりでまたあの顔をしているのかと気になった。

ロゼはいつでも迎えてくれた。驚くことはあっても決して邪魔だとは言わない。受け入れてくれた。それがたまらなく嬉しくて、彼女を独り占めできる時間が好きだった。けれど永遠はないと思い知らされる。

ロゼはいずれ誰かの元へ嫁ぐ。王宮から動けないノアにとって、本当に手の届かない遠い存在になってしまう。だから足掻いてほしかった。親切なふりをして助言しておきながら、そうしてほしかったのは自分のためだ。

けれど根本的な解決にはならない。ロゼは自覚していないが魅力的だ。そんな彼女が二十三歳になったら？　アルベリスの皇子に見初められでもしたら？

目の前が暗くなった。どうしたっていつかロゼはいなくなる。

もうずっと、限界だった。手を繋いでも満たされない。もっと、ずっと傍にいたいと思わせる。もっと深く——お互いが唯一無二の存在であればいい。傍にいるだけじゃ足りない。寄り添い心で繋がるような、そんな関係になりたい。影としてではなく隣に並ぶことを望んだ。真に抗うべきは己自身なのだと、ノアも覚悟を決める必要があった。

「それと陛下、これから彼女の部屋を訪ねる許可をもらえますか？」

和やかになりかけた空気が再び凍りつく。これからとは、どう考えても深夜である。単身女性の部屋を訪れるだけでも問題があるというのに、それを相手が無防備な夜着で眠っているところへ出向こうというのだ。無論二人きりで。

「アニキー、やっぱここで始末しといた方がいいんじゃゃね？」

「……何かするつもりなら許可なんて取らないよ」

レオナールは早急に警備体制を見直したくなった。

「おーい聞こえてんぞー」

「コホン。誰か、見張っておいてくれるかな？」

レオナールがぼそりと呟く。

どこからか「私が」「いや俺が」「いやここは私が」「馬鹿野郎っ、年長者に譲れ！」などと漏れ聞こえており、壮絶に揉めている様子が目に浮かぶ。顔さえも知らぬ護衛チームのメンバーは仲良くやっているらしい。

「ロゼの奴、大した番犬を捕まえたもんだ」

「そうですね」

兄たちの呟きはいつも以上に騒々しい部屋の喧騒に消えていく。これほど賑やかな男同士の密談は初めてだった。

後に護衛たちは語る。主君を前に「何も見ませんでした」と口を揃えて答えた。国王直属護衛チーム、それは殺伐としているように見えて仲間想いの組織だったらしい。

第十六章　共犯者を求めて

ノアがエルレンテを去って初めて迎える朝もまた、ロゼにとっては特別なものだ。彼がいないとわかっている景色は少しだけ色褪せたようにも映る。けれど感傷に浸っている暇はない。幸いにもやるべきことはたくさんあった。

落ち込む自分を励ますように顔を上げる。そうすればエルレンテの街を確認することが出来た。いつかノアが帰るエルレンテが素晴らしいものとなりますように――

そう決意して新たな一歩を踏み出す。

一度ベルローズへの訪問を経験したロゼは元々が一般人なこともあり上手く溶け込んでいた。足取りには迷いがなく、立ち居振る舞いも完璧に一般人のそれである。しかも今回は赤い眼鏡をかけて髪型を変えるという徹底ぶりを発揮していた。

その家はクリーム色の外壁に茶色い屋根、窓辺にはオレンジ色の花が咲いている。聞いた通りだ。丁寧な地図のおかげで目的地はすぐに見つけることが出来た。現在、室内には女性が一人。そこまで確認してロゼは扉を叩いている。

「はーい、どちらさまで――………」

時が止まってしまったように大きな瞳を見開いて固まる家主。家主が固まってしまったので挨拶はこちらから続けるとしよう。

「ごきげんよう、オディール。今、時間はあるかしら?」

「ろ、ろ……ロ－ゼッ――」

ロゼは必死に酸素を求める唇に指を当て声を潜めた。

「わたくしはロゼ、そうでしょう? どこで誰が聞いているかわからないわ」

元王宮メイドであるオディールは察しが良くて助かる。言いたいことは色々とあるだろうに、全部呑みこんで家の中へと招き入れてくれた。

「ローゼ――じゃなくて、ロゼ様⁉ ああ、こちらにお座りください。すぐにお茶をお持ちいたします、いえそうではなくて！ え、ええ? な、何故貴女様が私の家にいらっしゃるのですか⁉ ここは王宮――いいえ私の家です」

「オディール。難しいかもしれないけれど、どうかお構いなく。それに座るべきは貴女の方よ。大事な身体だと聞いたわ」

　これもメイドから聞いた話だが本当におめでたかったらしい。

「も、勿体ないお言葉です！」

「いいから座って？　貴女の新婚家庭にお邪魔しているのはわたくしなのよ」

「あああ……旦那様が外出中で良かった。びっくりして腰を抜かしちゃう……」

　突撃！　王女のお宅訪問である。

「もちろん訪問時間は事前に調べてきたわ。旦那様はお仕事でしょう？　よろしくお伝えくださいね。そうそう、これはお土産よ。街で人気のパン屋なのですってね。貴女が好きだったのを思い出したの。その身体だと外出も大変でしょう？」

　ロゼはパンを手渡した。

「ロー……ロゼ様が、お一人で⁉　え、あの、並んで買われたのですか⁉」

　またしても言い間違えそうになるが先ほどよりも反応は早い。慣れるのも時間の問題だろう。

「もちろん。わたくしだって一人で買い物くらい出来ます」

「出来るんですか⁉　あ、いえその、馬鹿にしているわけではなくてですね！」

「わかっているから安心なさい。同じようなことを言われたばかりですもの。そうだ、キッチンを借りてもいいかしら？　お茶を入れるわね」

　そんなことはさせられないと可哀想なほど狼狽えるオディールを座らせたロゼはなんとかお湯を沸かす権利を得る。茶葉の香りが漂い始める頃には彼女も落ち着きを取り戻したようだ。

「あの、この香りは……とても良い香りですが、我が家にはなかったと思いますけど」

「こちらもお土産です」

前世で読んだ本には、妊娠中の女性はあまりカフェインを摂らない方が良いと書かれていた。

「昔何かで読んだ気がするのだけど、ローズヒップティーがお勧めだったのよ。ここでもこれらしいものを見つけられて良かったわ」

咲き終えたバラの実から作られるハーブティーだ。

（もちろんアルベリス産ですけれど！）

悔しかった。手土産ですらアルベリスに頼っていることが悔しくてたまらない。そもそもバラの栽培まで手広くこなすほど完璧すぎるのが悪い。国家の紋章にしてもバラに獅子に盾と剣で構成されているなんて、ファンタジー世界の王道を根こそぎ詰め込み過ぎなのだ。

対抗心を燃やしながらも手は休めない。

「ロゼ様、手馴れていませんか？」

「そうかしら？　それで今日訪問した理由なのだけど」

突かれて困る話題は早急に流してしまおう。

オディールは大切そうに手にしたカップに口をつける。王宮メイドとして働いていた人間には劣るだろうそれを、彼女は大切に飲み干してくれた。やはり共犯者にするのなら彼女が良いと思うので早速本題に移ろう。

「貴女わたくしの共犯者にならない？」

「ロゼ様、いったい今度は何をなさるおつもりで……」

非常に言いにくそうにオディールは言葉を濁す。早朝の走り込みを始めてからロゼは変わり者姫として有名だ。

「わたくしエルレンテを変えようと思うの」

「か、革命宣言⁉　王国乗っ取り計画⁉」

「違います、無駄に逞しい妄想は忘れなさい。わたくしが狙っているのはもっと別の、そうね……いわばエルレンテ観光地化推進計画よ！」

オディールの目が点になっている。

「教養がなくお恥ずかしいのですが、それは一体どのようなものでしょう？」

決してメイドとして王宮に上がっていたオディールに教養がない、なんてことはない。

「恥じることはないわ。わたくしが勝手に作った言葉だもの」

視線には一層の困惑が混じる。

「貴女も知っての通りエルレンテは平和で平穏、平凡に素敵な国。けれどこのままではいけないと思わない？」

「それはいけないこと、なのでしょうか……？」

「いけないの」

このまま進めばなんらかの理由で滅亡してしまう。この国の何かを変えなければ未来は変わらない。

「エルレンテとしてあるべき意味を見出さなければ。でなければ……どことは言わないけれど、とある大国にとって我が国はその程度の認識なのよ！　だからこそ、いっそ平凡さを利用してやろうと考えたの」

「平凡さ、ですか？」

「そうよ。とある大国には真似出来ないことをしてやるのよ！」

どこまでいっても敵視するべきはアルベリスである。

「それが、観光だとおっしゃるのですか？」

もっと手っ取り早くロゼが現代知識で何かしらを発明すればエルレンテは発展するだろう。けれどそれでは技術を奪われて終わりだ。エルレンテには、エルレンテでなければと感じさせるような存在になってほしい。

（わたくしはノアと街を回ってとても楽しかった。あの気持ちを、楽しさを伝えたい）

そこで閃いたのが観光である。

「ねえ、質問があるの。現在エルレンテにはこれといって観光客が多いわけではありません。どうしてかしら？」

「それは、わざわざエルレンテまで足を運ぶ理由もありませんし」

「そこです。ねえ、どうしてそう思うのかしら？　エルレンテって、とても素敵な国じゃない。みんな気付いていないだけなのよ」

ちょっと一度アルベリスにでも行って違いを体感してきてほしい。いっそ全員で視察旅行に行くのも名案だ。

ロゼはエルレンテの良さを紐解いていく。

「エルレンテには誇れるほどの産業がないけれど、街や自然を見渡してご覧なさい。平和の象徴、穏やかな景色が広がっているでしょう？　これは戦争を繰り返していたアルベリスには真似出来ない光景よ。当たり前すぎて気付かないようだけど、もっと観る価値のあるものだわ」

観光地として名を馳せていれば景観を壊されることも躊躇われるだろう。こちらから戦争しにくい状況を作ってやる。

「だいたい見るところがないですって？　そんなのいくらだって生み出せるわ。もっと多くの人――それこそ国外にまでこの良さを発信出来たなら、国に革命が起こる。もちろん王位を狙う的な意味ではなくて、平和的な意味でね」

観光ならばエルレンテに行きたい、エルレンテを特別だと認識させることが可能だ。

ここからがロゼの共犯者獲得に向けた手腕の発揮どころである。

「簡単にエルレンテ観光地化が成功したメリットを上げてみるけれど、なんといっても財政が潤うわ。人が集まるようになれば使われるお金も増え、必然的に仕事が増え雇用も増える。これだけでも十分に国が潤うことでしょう」

お客様も幸せ、迎える側も幸せ。みんな幸せ計画である。

「これらはすなわち将来のためなの」

そう告げればオディールの手はお腹へと伸びていた。

「ええ、その通りよ。生まれてくる貴女たちの大切な子どものためでもあるの。エルレンテが住み良い国であれば子どもたちの将来も安泰でしょう？」

「私たちの、この子のため……」

「今後わたくしはエルレンテの王都ベルローズから改革に乗り出すつもりです。そこで貴女には共犯者になってほしいのよ」

「具体的には、私は何を？」

「もちろん大変な時期に無理をさせるつもりはありません。まずはベルローズで使える身分がほしいのよ。街での身元引受人というのかしら。考えてみてほしいのだけど、正体不明の人間が何かしようとして受け入れてはもらえないでしょう？」

「確かに……」

「貴女でも助かるけれど、叶うのなら街に長く住んでいて、ベルローズの人たちから親しみを集めていると理想的ね。どなたか名前をお借りしたいのだけれど、心当たりはないかしら？」

「そうですね……旦那様のお母様ですが、ドーラ様はいかがでしょう。ベルローズにお一人で暮らしていて、相談してみます。とても気立ての良い方ですよ」

「ぜひお願いしたいわ。それと将来のために今から働き手を確保しておきたいの。貴女、お友達に声をかけることは可能かしら？」

「それは貴族ではなく、このベルローズでの友ということですか？」

「その通りよ」

ロゼの思い描く改革では身分よりも実力がものをいう。

「可能ですが、家庭や子を持つ者が殆どですよ。そんな私たちが、力になれるものでしょうか……」

エルレンテが、というよりもこの世界が。女性は結婚すれば家庭に入り子どもを育てるというのが一般的だ。オディールも本来の身分にあればいずれ結婚して王宮を退いていただろう。

「不安に感じる気持ちもわかります。ですがわたくしが改革の指揮をとるからには『女性に優しい改革』を掲げます。これからは女性も活躍する時代――そう、わたくしはここに国家初、育児休暇制度を提案するわ！」

「育児の、休暇ですか？」

「簡単に言えば、育児中だけ仕事はお休み。子どもが成長したらまた働ける、そういう仕組みのことよ。それを導入したいの。貴女たちの家事や子育ての空いた時間を借りたいのよ」

それでも躊躇うようなオディールの表情に追撃の手を緩めてはいけない。

「性別なんて関係ないわ。けれど貴女が気にするというのなら他の方々もそうなのでしょうね。ならわたくしたちで固定概念を壊してさしあげましょう？　これからは女性も社会進出するべきです。考えてもごらんなさい。次期国王はアイリーシャ王女殿下なのだから」

女王という前例はないけれど、国王とその妃の子が即位するのが習わしだ。女王が禁止されているという法律もない。

「もしその時になってわたくしたち女性陣が活躍していれば女王という不安も薄れると思わな

い？」

滅亡回避のためでもあり、遠回しにアイリーシャのためでもある。

「本当に、まるで夢のような制度に、未来ですね」

「夢じゃ終わらせないわ。それにね、貴女だってずっと家の中にいては気が滅入ってしまうでしょう？」

オディールは社交的な性格だ。それをこの家の中だけで終わらせてほしくない。

「ロゼ様は本当に何を……どこを目指されているのです？」

相手が十二歳の少女だということも忘れて問いかけてしまう。年齢なんて些細な問題だと、忘れさせてしまうほど瞳には強い決意が宿っている。

（プレゼンをするならまずはわたくし自身が堂々としていなければいけないのよ！）

目で勝つべし。この人についていけば安心だと、確固たる信念を見せつけねばならない。

「目指すべきところは……これから一緒に見てもらえると嬉しいわ」

オディールは悩んでいるようだった。こうして真剣に考えてくれるだけでも有り難いことである。

（オディールは理想的だけれど無理に巻き込むわけにもいかないわ。出直した方がいいかしら……）

お暇（いとま）するべく席を立つロゼを引き止めたのは他でもないオディールだ。

「ロゼ様。私、この街が好きなんですよ」

「そのようね。貴女、生き生きとしているもの」

馴染みのない生活にもオディールは彼女らしさを失っていなかった。

「貴族の娘として不自由なく育った身で申し訳ありませんが、ここでの暮らしは楽しいんです。初めはわからないことも多くて大変でしたが、困っていた私を街のみなさんは温かく迎えてくれました」

「素敵な街なのね」

オディールは本当に嬉しそうに頷いた。

「ロゼ様とお話ししていて、色々思い出しました。旦那様もベルローズの生まれで、こんな私を望んでくれたのです。あの日、あの丘で共に見たエルレンテの街並みはとても素晴らしいもので、きっとロゼ様が伝えたいものは、そういうエルレンテの素晴らしさなのですね」

「よくわかっているのね。その通りだわ」

「それにロゼ様は、パン屋の話を覚えていてくださいました」

急に何の話だと思ったが、ロゼは忘れるはずがないときっぱり答えた。実際、いつか自分も行ってみたいと記憶していたのだ。

「それがとても嬉しかったのです」

一国の王女がメイドの戯言を聞き流さずにいてくれた。ロゼを信頼するには十分な理由だとオディールは語る。

「また共犯者(あなた)に会いに来ても？」

「歓迎します、ロゼ様。私もこの子の未来は幸せな方がいいですから」

愛しそうにお腹を撫でる。その眼差しはミラと同じだった。きっと彼女も良き母となるだろう。

ところでそろそろずっと気になっていたことを言わせてもらいたい。

「ねえ、ロゼでいいわよ」

ここにいるロゼはただの一般人だ。彼女も王宮を退いている。加えてオディールの方が年上だ。

「でもその、私にとって貴女様はどうしてもお仕えする相手なので、つい……。あ、あの！　ものすごく今更ですが、お一人で外出されて大丈夫なのですか？」

「これからはもっと変装にも力を入れてくるわ。それと鍛錬にも力を入れる予定です」

「鍛錬？」

「いえ、こちらの話です」

姫としての優雅な微笑みでオディールの疑問を相殺（そうさい）し、ロゼはここに共犯者を獲得する。

（まずは一人、働き手の確保に成功したわね。後はわたくしの頑張り次第かしら）

アルベリス帝国、ロゼブルの運命？　なんだっていい。なんにだって負けてやるつもりはないのだから。

（主人公の叔母の力、見せてさしあげる。姪（リーシャ）のためならシナリオなんて知ったことではありません！）

きっと叔母は強いのだ。

第十七章　豊穣の祭り～衝撃のミスコン

別れを経験した。協力者を得た。さらなる決意を抱くロゼは困難を覚悟していた。

けれどまさか、あんなことになるなんて……

目撃者たちはこぞって語り継ぐ。けれどロゼにとっては黒歴史に他ならない。出来ることならこの話は語りたくなかった。しかし口を閉ざすにも事態はあまりに大きくなりすぎていた。これもまた、エルレンテの歴史として語らずにはいられまい。


ローゼリア・エルレンテ十三歳は現在困難に直面していた。

「オディール。確認したいのだけど」

エルレンテは暖かな気候に恵まれているはずが何故だろう、頬を撫でる風は冷たい。ただならぬ気配を察してオディールの身体は震えていた。ロゼの前王妃譲りとされる無表情の凄みは厄介なのだ。

「わたくしは貴女に訊きました。ベルローズで開催される祭りや祭典があれば教えてほしい。美しさや芸術、知力や武力などを競う大会であれば尚可……と」

「は、はい！　そして私は――作物が豊かに実ることを願って開催される豊穣の祭りがあります。

そこで毎年『女性が美しさを競いあう大会』と『男性が力を競いあう大会』が行われているそうです、そうお答えしました。情報提供は旦那様とドーラ様です」

粛々と答えるのみである。

エルレンテの一年は十二の月に分けられている。聞けば日本の暦を連想させるがエルレンテに四季は存在しない。日本風にいうのなら暖かな日差しの春と実りの秋だけで構成されている。照りつける太陽の暑さや空から舞い降りる雪に身震いすることを知らない国だ。一年を通じて過ごしやすい気候が続いている。

長い春が過ぎれば気温は下がり作物がよく育つ。そんな春から秋に変わりゆく時期に豊穣を願って開催されたのが豊穣の祭りの起源だと教わった。

「……実際には貴女も体験したことはない？」

「はい」

非常に申し訳なさそうに縮こまっている。そう、オディールは何も間違ってはいないのだ。

「いきなり悪かったわね。確認を怠ったわたくしの責任だわ」

「あの、何かまずかったでしょうか？」

ロゼはにっこりと微笑んだ。

「まずいも何も……わたくしの知っている大会(ミスコン)と違い過ぎるのよ！」

現状を説明しよう。ロゼはめでたく出産を終えたオディールの案内でベルローズの街を訪れていた。そして彼女の紹介で件の『女性が美しさを競いあう大会』に出場しようとしていた。聞けば出場年齢は設けられていないという。

オディールから説明を受けた時、これだと直感した。前世でも観光大使には著名人やミスコンの受賞者が多かったと記憶している。まず顔を売れということだ。

この日のためにロゼは準備してきた。入念に身体を磨き、髪の手入れをした。街で暮らす少女にしては派手すぎないよう、かといって参加者たちに見劣りしないためだ。過度なアクセサリーに頼らずともロゼの美しさは母親が証明してくれる。

美しさを競うのだから変装用の眼鏡は外すことにした。けれど髪色は最近手に入れたばかりの染め粉を存分に使い、黒と見紛うほどの深い色へ変えている。そう、準備は万端に整えていた。ところが――

「本当にこれから大会が決行されるというの？　あまりにも人が少ないのだけど……」

「そのようですね……」

開催されるのは広場だと聞いている。けれど人なんてぽつり、ぽつり――とてもこれから催しごとがあるという雰囲気ではない。会場らしき舞台も見当たらない。

（日時を間違えた……いいえ、間違っていない。今日は豊穣の祭り、そのはずよ）

豊穣の祭りについてはそれなりに行われているらしい。けれどここでも『それなり』を付属させてしまうのは仕方のないことだった。あまりにもロゼの前世で一般的に称された『祭り』とは違い過ぎるのだ。

一応のように草花で装飾を施してはいるが、普段から花に囲まれた街である。正直、大差がないのだ。祭りだと言われなければ変化に気付かないほどである。

どこかで催しを――というよりも家庭で料理を食べることに重きを置いているそうだが、それにしたって収穫量が少なすぎるという問題はどこへ行った。

（豊穣の祭りの意味！　これではただの名前だけ――そう、まるでただの記念日よ！）

もはや祭りではない。これではいけないとロゼの血が騒ぐ。

「あぁでも見てください。あそこに受付らしき人が！」

「本当？」

本当だった。

広場の端にぽつんと机が置かれている。イスに座った男性が一人、机には紙とペンが並んでいる。

それは広場には似合わない光景だ。どうやら彼も暇を持て余しているようで欠伸をかみ殺している。

「……あれが受付」

ごくりと喉がなる。しかし迷っていても始まらず、ロゼはエントリーに向かった。

「失礼、わたくし『女性が美しさを競いあう大会』に出場したいのですけれど」

「え……え!?　本当に？　ああ、これでやっと仕事が出来そうだ。歓迎するよ！」

他に出場者がいるのか一気に不安になった。

「あれ君、オディールじゃないか！　君も参加するのかい？」

どうやらオディールとは顔見知りのようだ。

「いいえ。私ではなくこちらの方です」

ロゼはわたくしがと一歩前に出る。

「おや、見ない顔だね」

「こんにちは。ドーラさんはご存じでしょうか？」

「ああ、良く知ってるよ。知らない人の方が珍しいんじゃないかな」

オディールが紹介してくれたドーラの名にはそれだけ威力があるようだ。

「わたくしドーラさんの、妹の息子の娘の叔母の娘の友人でロゼと申します」

「え……えっと、なんて？」

「妹の息子の娘の叔母の娘の友人の、ロゼです」

「こちらドーラ様の遠縁のお嬢さんです。王都へは出稼ぎに来ているそうです」

オディールの見事な助けに受付の人間は安堵する。

「そっか、なら安心だね。でもオディールじゃなくて、お嬢さんが出場するのかい？」

「問題あるかしら？　出場年齢は定められていないと聞きました」

「もちろん問題はないよ。でも大体がお年寄り——っと、年配の女性ばかりだから驚いちゃって」

「はっ⁉」

いや驚かされたのはこちらである。

「若い女性なんて一人いればいい方さ。特に君みたいなお嬢さんなんて初めてかもね」

それから大会の説明を軽く受けたところ、終始ロゼの驚きは止まらなかった。

「なんてこと……わたくしは改革というものを甘く見ていたのね。こんなにも問題が山積みだなんて……」

説明を終え、これから大会を控えたロゼの感想である。すでに疲労困憊だ。認識が甘かったと認めざるを得ない。それとも、なんでもかんでも現代の常識に当てはめて考え過ぎなのだろうか。ならばとオディールに意見を求める。

「オディール！　お願い正直に答えて。貴女この豊穣の祭りをどう思うかしら、名ばかりだとは思わない⁉」

「……実は、少しばかり」

「そう、そうよね……良かった。そこから否定されたらどうしようかと思っていたの。なら次はミスコンについてよ」

「ミスコン？」

「いちいち『女性が美しさを競いあう大会』なんていうのは時間の無駄。これからは略してミスコンと呼んでちょうだい。それでミスコンについてだけど、わたくし盛大にカルチャーショック――文化の違いを思い知らされたの」

年齢制限を設けていないと豪語しておきながら、出場者の大半がお年寄りという事実にである。

「この世界では……いいえ。この国ではこれが一般的なのかしら？」

「そこは私も驚いています」

「そもそも優勝賞品がカボチャ五個というのはどういう了見⁉」

「わ、私を睨まれましても……」

オディールは次第に口籠もる。

「カボチャを五個ももらってどうするというの⁉」

「夕食はカボチャ料理ですね！」

「分かりました。わたくしが優勝した暁には貴女にプレゼントしましょう。存分にカボチャ料理を堪能すればいいわ」

「え⁉　いいんですか⁉」

さすがは家庭を預かる身、夕食のことまでしっかり考えているようだ。オディールのためにも優勝したいところである。けれどロゼの瞳は濁るばかりだ。

「そりゃカボチャ料理は美味しくて、お菓子にしても美味しいわ。カボチャパーティーも開けることでしょう。でもね、それがミスコン優勝の対価というには不釣り合い。名誉も箔もあったものじゃない！　せめてエルレンテ産にしてごらんなさいよ、アルベリス産じゃないの！　こんなの参加しようなんて誰も思うわけがないでしょう⁉　参加するからには得る物があってこそ出場者も増えるというもので……」

しかも祭りはやっているのかいないのか、不明瞭な状態を継続中である。

ひたすら呟き続けるロゼは最後にこう締めくくった。

「盛り上がりに欠ける！」

エルレンテ観光地化推奨の前に、まずは目先のミスコンをなんとかする必要がある。

決意を新たにしたところで新しい企画を練る暇はない。無情にも決戦の時は迫っていた。

ロゼは『女性が美しさを競いあう大会』の集合場所へと向かう。

オディールは客席から見守っていると約束してくれた。たった一人でも味方がいてくれることが心強い。

それではずらりと並んだミスコン出場者の内訳を発表しよう。

出場者は五人。繰り返す、ロゼを含めて全員で五人だ。そのうちの四人はロゼの倍以上は軽く生きていることが一目見て分かる。

（わたくしの場違い感……）

果たして自分は本当にミスコンに参加しているのだろうか。そんな疑問すら抱かせる。

開始早々、ロゼはまたも大きな疑問に直面していた。

ロゼたちは現在、大きな石の上に立っている。時間になったとたん、この上に乗るように指示されたのだ。

（どうしてわたくしたちは石の上に……ま、まさか、これが舞台だとでもいうの⁉）

いやいや、まさかそんな……だとしたら震える。震撼する。

普通に地面に置かれたちょっと大きな石である。不安定なので長時間上に立っていれば疲れてしまいそうだ。ちなみに他の出場者に至っては立つ素振りもなく最初からイスにしている。

（そもそもこの観客の少なさでどう勝敗をつけると⁉）

観客の数は数えられる程度だと思ってほしい。

（審査員は……ダメね。いるのかいないのかよくわからない！）

疑問は尽きない。するとやってきたのは受付をしていた青年だ。

「お待たせしました。これより『女性が美しさを競いあう大会』を始めたいと思います」

受付もこなし司会進行もこなすとは多忙である。彼に丸投げされているのではとも推測されるが。

「えー、それでは優勝は――」

すでに優勝者は決まっているような物言いである。現在、まだ開始一分と経っていない。

「お待ちになって！」

たまらず叫んでしまった。黙っているのは限界だった。

司会と、そしてまばらな観客から注目が集まる。その中にはオディールからの心配そうなものも含まれていた。

「どうかした？」

「いえ、せめて……わたくしせめて共に戦った盟友の名前と特技くらいは聞いておきたいのです！」

「え、そう？　そんなことが知りたいの？」

逆にそれすらもなしに何をもって勝敗を付けるつもりでいたと？　独断と偏見なのか、そうなのか。

「そっか！　僕らにしたらみんな顔見知りなんだけど、君はベルローズに来て日が浅いみたいだからね。えっと、みなさんどうでしょう？」

率先して拍手をくれたのはオディールだ。他にさしてすることもないだろうと、ロゼの要求はあっさり通った。

「じゃあ、一番右の人からいいですか？　お願いします」

おそらく最年長者と見受けられる女性からのアピールタイム（？）が始まった。

「あたしゃジジってんだ。得意なのは……値切りかねえ」

会場から細やかな笑いが起こる。

続いて二人目のマルトの特技は料理だそうだ。三人目が終われば四人目とそんな状態が続き、いよいよロゼの番である。

まずは裾をつまんでお辞儀する。着ているものは簡易なワンピースだが、ドレスを着た姫君のように映っただろう。

「みなさん、初めまして。わたくしはロゼ。ドーラさんの妹の息子の娘の叔母の娘の友人で、ベルローズには出稼ぎに来ています」

ドーラの名を出せばここでも「へえ、ドーラんとこの」という声が聞こえる。

「特技は――」

観客の間を割って前に出たのはオディールだ。

ちなみに観客席にはイスなんてものはない。出場者が石の上に立っているくらいなので普通に立っている。出場者と観客の違いは、そこに石があるかないかという悲しいものだ。

オディールは抱えていたものを両手で差し出すと、ロゼが受け取りやすいように腕を引き上げて献上する。

「ありがとう」

まるで神聖な儀式のようだ。オディールのかつての仕事もロゼの身分も、彼女たちは完璧な振舞いを要求される世界で生きていた。どんな仕草一つだろうと絵になってしまう。

ただしその手にあるのは木の棒だ。先ほどロゼが「あらこれちょうど良いわね」と言いながら拾ったものである。

無事届け物に成功し、オディールは客席へと戻っていった。

「説明するより見てもらえるかしら。それとあれを貸してほしいのだけれど。もちろん壊したり傷をつけた場合は弁償いたします」

ロゼが指差したのは観客たちの背後に置かれている優勝賞品、カボチャの山である。

一番上のカボチャを借りるとロゼは頭上へ放り投げた。

観客は息を呑む。あのカボチャはもうだめだ！　そう思われたのだろう。潰れたカボチャを想像して目を閉じる者もいた。けれどいつまで経っても無残な音は聞こえてこない。

ロゼは笑顔だった。カボチャも潰れていない。視線を揺らすことなく観客へ特技を披露していた。

不安定な足場をもろともせず、手にした木の棒で空を斬る。その度に棒の上でかろうじてバランスを保っていたカボチャが揺れた。転がり落ちそうになれば棒を自在に操りさばいていく。

重さをもろともしない剣さばき——もとい棒さばきで地面に落ちることなくカボチャは棒の上に君臨し続けていた。もちろん傷一つない。

ただの木の棒が研ぎ澄まされた剣のようだ。ある者はしきりに目を擦っていた。

観客も司会も、出場者でさえロゼの演技に夢中になっていた。けれどロゼだけはその後ろへと視線を向けている。そのためいち早く異変に気付くことが出来た。

観客たちのさらに後ろ、カボチャの前で不自然に動く人物を見定める。

恰幅のいい壮年の男だ。彼はロゼの演技に見入ることなくしきりに周囲を気にしている。

誰もがロゼの演技に見入り警備は手薄。やがて男はカボチャへと気づかれないように、そっと近寄る。

（まさかカボチャ泥棒⁉）

しかし盛り上がりは最高潮、演技を中断するのは気が引ける。ロゼはとっさにあいた手でナイフを投げていた。あまりの早業に観客もカボチャ泥棒も何が起きたか把握出来ていない。

一同の視線が背後へと向けられる。男はカボチャを手に固まっていた。腕の中のカボチャはまるで的、見事にナイフが刺さっている。

状況を把握した観客からは盛大な拍手が送られた。しかしこれは演出ではない。

「そこで何をしているの？」

器用に片手でカボチャを掴めば演技が終わる。誘導されるように視線は男へと集まっていた。

「え、あ……」

焦ったのか混乱したのか、犯人はなんとカボチャを持って逃走した。

「ちょ――」

カボチャにはナイフが刺さったままである。

「それはわたくしのっ――」

初めてもらったプレゼントは彼がエルレンテに、ロゼの傍にいてくれたという唯一の証。ロゼにとっては金貨や宝石にも勝る価値がある。

「絶対に取り返すわ」

演目に使ったカボチャは隣の出場者に預けたような気がする。すでに駆け出しており、あまり詳しくは憶えていなかった。


先行するはカボチャを小脇に抱えた壮年の男。続くのは必死の形相で追いかける少女という、一風変わった光景に自然と注目が集まっていた。

犯人は足をもつれさせ、早くも体力が尽きかけている。

(こんなところで成果が発揮されるなんて、鍛えておくものね)

全力疾走にはカボチャが邪魔なのだ。加えて持久力も速さもロゼが上手である。

「止まりなさい！」

背後に鬼気迫るものを感じたのか男が振り返る。決して振り向いてはいけなかったのだ。迫力に圧倒され足がもつれていた。さらに運の悪いことにわき見していたせいで石を踏み転倒する。

ロゼは好機とばかりに距離を詰め木の棒を振り上げた。

「い、命だけはっ！」

ロゼは本気で振りかぶっていた。もちろん威嚇であり寸止めにするつもりだ。とはいえ男にとっては本気に映ったのだろう。返却か、あるいは身代わりか、男はとっさにカボチャを突き出す。

（ちょっと⁉）

いきなり間合いへカボチャを差し出されては止まれないのだ。

鈍い音が響いた。次いで奇跡がおきる。

カボチャはぱっかりと真っ二つになっていた。

割ったロゼも、奪って逃げた男も、偶然居合わせた目撃者たちも、一同は唖然としていた。

ナイフが上手く刺さったことで割れ目が生じ、抱えて走るという衝撃がヒビを拡大させる。そして止めとばかりにロゼの一撃が襲ったというわけだ。当たりどころも悪かったのだろう。

けれど男は一歩間違えば割れていたのは……と青ざめている。見物客たちからも距離があるため、彼らの目にも木の棒で少女がカボチャを両断した図にしか映っていなかった。

「良かった……」

安堵から、ロゼはその場に座り込む。男は完全に萎縮しているのでもう逃げることはないだろう。

「わ、悪かったよ！　ほんの出来心で……」

カボチャから手を放し、両手を地につけ頭を下げている。

「わたくしもいきなり、大人気なかったと反省しています。けれど盗みはいけないことです。奪うという行為は悲しみを生むのですから」

「……ああ」

「貴方にとっては出来心かもしれないけれど、わたくしにとってこれはとても大切なものです。どんなものにも代えられないほどに……。ですから返していただきますわ」


──え、カボチャが⁉

この子どんだけカボチャ好きなの⁉


大変な誤解が生まれているけれどロゼに訂正している余裕はない。戻ってきたばかりの宝物に集中していたからだ。

「良かった……わたくし、失ってしまったらどうしようかと──」

あくまでもノアから贈られたナイフの話である。けれど周囲から見れば、そこにはカボチャを取り戻したことに歓喜する少女がいた。

その後、男は「あの時は死を覚悟した。一度死んだ身、これからは生まれ変わったつもりで生き直す。盗みなんて真似は二度としない」と、そう誓ってくれた。

勢い余って飛び出してしまった大会についてだが、ロゼの優勝ということで意見は一致していた。

ロゼが叩き割ったカボチャを含め優勝賞品はその場で調理されることになった。一つはオディールに握らせたけれど、他はカボチャスープとして街の人たちに振る舞ってほしいというのがロゼの望みだ。料理が得意だというマルトの指揮によって大量のスープが作り出されていく。

広場には大きな鍋が運び込まれ、誰にでも分け隔てなく配られた。

「ほら、あんたカボチャ大好きなんだろ！　たくさんお食べなさいね」

「まあ、お気遣いありがとうございます」

（なんて温かな心遣いかしら……食べても食べても黄色い液体が減らないわ！）

完食しているはずなのに黄色い液体とお別れ出来ない。カボチャは好きだけれど限度というものがある。

広場ではこれを食べれば美人になれるだの強くなれるだの、様々な噂が飛び交っていた。何度か優勝おめでとうと労われたけれど、ミスコンというよりも一発芸大会で優勝した気分である。

続いて開催される予定となっていた『男性が力を競いあう大会』には街での騒ぎもあり多くの人が足を運んでくれた。ロゼも本日の功労者として特別に参加を許されている。話題が話題を呼び、今や広場にはたくさんの観客で溢れていた。

しかし――

「出場者が見当たらないのですが」

ものすごい既視感。数時間前にも同じようなことを体験していた。それすらも騒ぎのせいで遠い昔のことに感じられる。

「いやー……お嬢さんが出場するって聞いたらみんな逃げちゃって。なんか、カボチャと同じ運命は辿りたくないとかで……」

何もしていないのに客席からは口笛や拍手が飛んできた。

「よっ、嬢ちゃん凄いねー！」

作り笑顔を貼り付けて、手を振るだけで精一杯だった。

「ちなみに優勝賞品は……？」

すがるような眼差しで問いかけたところ。

「もちろんカボチャ五個だよ！　良かったね、君カボチャ好きなんでしょ！」

予想通りの答えが返ってきた。

（……オディールにもう一つ握らせるとして、他もスープとして振る舞ってもらうことにしましょう！）

仮にもらったとして、王宮まで抱えて帰るのは困りもの。贅沢な悩みではあるけれど、カボチャはもうこりごりだ。

ところがこれ以降、ロゼのあだ名は髪色もあいまって『カボチャ姫』である。行く先々ではカボチャ味の料理やお菓子を振る舞われたのはいうまでもない。

そして男性が力を競いあうはずの大会は、いつしか誰がロゼを倒せるかという戦いに姿を変え、翌年からは盛り上がりをみせることとなる。

ベルローズの街には一体感が生まれ始めていた。

祭りを終えたロゼは王宮へと帰る道すがら、一人になったところを見計らい叫んだ。

「どうしてこうなったの⁉」

ロゼの前世には『結果オーライ』あるいは『結果が全て』という言葉が存在したが、そうして自分を納得させるしかないのだろう。結果的にロゼの存在は広く周知された。

第十八章　兄妹は街に集う

あの悪夢のような事件から早いもので一月が経とうとしていた。

これはロゼが『女性が美しさを競いあう大会』通称ミスコンで優勝し、なおかつ『男性が力を競いあう大会』をも制覇してしまった事件の後、街の片隅で繰り広げられた小さな兄妹の物語である。

カボチャ姫――みなが親しみを込めて呼ぶのなら甘んじよう。しかし身内が呼ぶのとではわけが違う！


その日エルレンテ王宮では国王と帰国したばかりの外交官が顔を付き合わせ仕事に励んでいた。

やがて仕事が一段落したところで彼らの興味は世間話へと移る。

「やっぱエルレンテが一番落ち着くわー」

レイナスは書類仕事で凝り固まった肩を解した。

「お前は国外に出ることが多いですからね。いつも感謝しています。存分に羽を伸ばしてください」

「今回は長かった分、自分のベッドと枕が最高って思い知らされたわ。エルレンテ王宮は飯も美味いしな！」

本日のメインディッシュはカボチャのグラタンだった。それもくり抜いたカボチャを器に使うという豪快な料理で驚かされたばかりである。

初めて目にする料理にレイナスはたじろぐが兄は当然のように受け入れていた。臆することなく挑む兄に尊敬の眼差しを送り、彼もその姿勢を見習うことにしたのだ。

中にはたくさんの具が詰まっていた。しっかり火が通っているので皮まで柔らかい。とろりとしたチーズが香り、食欲をそそる一品だった。

そこでレイナスはメイドから聞かされた話を思い出す。帰国するたびに変わったことはないかと積極的に情報を集めて回るのは趣味でもあった。

「なあアニキ、カボチャ姫って知ってるか？」

「なんですそれは……人間なのですか？」

いきなり人外扱いである。おそらく料理の名だと誤解されたのだろう。

「いや、メニューの話じゃない。俺もメイドから聞いたんだけど、ベルローズで毎年やってる『男性が力を競いあう大会』ってやつ？　それに颯爽と登場してカボチャをかっさらった女の子らしい」

「……意味がわからないのですが」

「安心してくれ、俺もよくわかってない」

レイナスが記憶を辿れば脳裏に浮かぶのは興奮しながら話すメイドの姿だ。彼女は他にもカボチャ姫について教えてくれた。確か――

「なんでも木の棒でカボチャを真っ二つにしたらしい。それも一撃な」

寒気がするなとレイナスは腕をさすった。カボチャの固さは野菜の中でもお墨付きだ。

「それは凄い！　世の中には強い女性がいるものですね」

レオナールも感心して褒め称えるばかりだ。普通、木の棒でしかも一撃でカボチャが割れるわけがない。包丁でも難しいことだ。

「だよなー、うちのロゼちゃんじゃあるまいし…………」

「そうですよね。うちのロゼではないのですから…………」

彼らにとって物理的に強い女性といわれれば真っ先に浮かび上がるのが妹のロゼである。無言のままに交わされる視線には、いやまさかそんな、まさかという願いが込められていた。

「まさか…………」

それはどちらの呟きか。彼らは知っていた。妹が頻繁に王宮を抜け出していることを。

公務を怠っているわけではない、勉学を疎かにしているわけでもない。彼らがロゼを咎める理由はないので深く追及することはなかった。しかしここへきて一気に不安が膨れ上がる。

かくして現在ベルローズの街には深刻な顔つきの青年が二人ほど立ち尽くしている。彼らの妹姫は本日も王宮を留守にしていた。

「アニキ、情報だと噂のカボチャ姫はカボチャ色の髪色な」

「なるほど理解しました。注意しておきましょう」

過去の経験から彼らは学んでいた。何をしていると問い詰めたところで素直に白状する妹ではないということは痛いほど経験済みだ。現場を押さえるしかない。

そういった理由で王族二人はベルローズの街を訪れていた。もちろん髪型を変えたりという簡単な変装は施している。けれどロゼが見れば二人そろって何をしているのかと卒倒しそうな光景だ。

安心してほしい、仕事はきちんと片付けている。

「さって、取りあえず誰かに訊いてみるか？」

「そうですね。あちらの女性はどうでしょう。どうやら他の方にも案内をしている様子です」

レオナールの視線の先には二つのおさげを揺らす少女がいた。装備は軽そうなので街に暮らす娘のようだ。彼女は旅人らしき人物に身振り手振りで何かを説明している。

「お、それは有り難い。訊きやすそうだな」

軽い気持ちで少女の傍へ近づいていく。距離が縮まるにつれて少女の黒と見紛うばかりの艶やかな髪に気づかされた。それはまるでカボチャのような色合いだ。

まさかという可能性が同時に導き出された。けれど少女は眼鏡をかけているらしい。彼らの妹はかけてはいなかった。

「なんだ別人か。いやー、先にロゼちゃんに話振らなくてよかったな。言いがかりだって怒られるところだった」

「そうですね。ロゼは根に持つタイプですから」

幼いながらも彼らの妹の怒りは苛烈な部類に入る。不用意に逆鱗に触れるべきではないという懸命な判断だ。

この少女があたりではなくてもせめて情報くらいは仕入れたい。こうして二人そろってお忍びまでしているのだ。手ぶらでは帰れない。

「すみません」

旅人が礼を言い少女が一人になったところでレオナールは声をかける。丁寧な申し出に少女は笑顔で振り向いた。

「はい！　何かお困りで――……しょうか……？」

油断したところで襲いかかるのが驚きというものだ。

少女は大きく目を開き固まり、やがてじっとりと声をかけてきた男たちを見つめ返した。その視線には「ここで何をしている」という呆れが込められている。

いくら髪型と色を変えようと、眼鏡をかけていようとも。目の前に立ちながら見破れない間柄ではない。それが血の繋がった家族というものだ。鏡のように見つめ合うお互いにいえることである。

「……わたくしに、今わたくしに話しかけていらっしゃる？」

「あ、うん……そうね」

かろうじてレイナスが答えた。

「そうでしたわね！　お店の場所を訊きたいのだったかしら？　承知しました。わたくし良い店を知っているので、そのまま口を閉じて静かについていらして！」

みなまで語るな黙ってついて来い、ということらしい。


舞台は海辺に構えられたレストランへと移る。

その店は木の色合いをそのままに落ち着いた雰囲気をしている。扉をくぐればベルが鳴り、来店に気づいた給仕の娘が心地の良い挨拶と笑顔で迎えてくれた。

ピークを過ぎているため客は少なく、ほとんどが一人で食事を嗜んでいる。カウンターに座る男などはわき目も振らず食事をかきこんでいた。

そして彼らは。大人しくここに座っていなさいという指示の下、奥の席へと案内された。窓から離れ奥まった位置にある席は柱の陰でもあり人目に付きにくい。

席に着いてすぐ、給仕がロゼの指示だと水を運んでくれた。去り際にどうぞごゆっくりと会釈し業務に戻っていく。

「いい店ですね」

レオナールが呟けばレイナスも同意する。それにしても妹は遅いが。

「あいつ奥に下がったきりだけど……まさか裏口から逃げたりしてないよな？」

「ロゼは愚かではありません。このような計画です、いずれ露見すると彼女も覚悟はしていたでしょう」

しばらくして戻ったロゼの手には料理がのっていた。

「お客様に提供が許されるほど洗練されてはいませんが、身内に振る舞うなら許容範囲かと思いまして。久しぶりに街中を歩いて疲れているお二人を労おうかと」

「え、これまさかお前が？」

「わたくしの手で作ったものが一番安全でしょう？」

ここは王宮の外。毒を盛られる危険性もあるとロゼは示唆している。

「ロゼちゃん料理出来たっけ？」

「昔々に嗜み程度は」

「お前、昔を懐かしがるほど生きてないよな？」

現在十三歳のロゼだが、昔というのはもちろん前世のことである。凝った料理やフルコースを作ることは不可能だが、簡単なスープやおかずなら記憶を呼び起こせばなんとか——という状態で試行錯誤を始めていた。

「しっかしお前の瞳（め）、レンズを通すと別物だな。それにその髪……どうやってカボチャ色にしてるんだ？　綺麗な色だけど」

「お客様、女性の髪をカボチャ色呼ばわりだなんて妹さんが情けないと嘆いておいでよ。せめてつる性植物の葉であるアイビーのようと言ってくださる!?　女性への褒め言葉にはもっと幅広さを持たせるべきです」

「どっちも元は植物じゃね？」

「植物に譬（たと）えられるのと野菜に譬えられるのでは大いに違います！　あまり連呼するようなら本日

の夕食からお客様だけ特別にカボチャのフルコースに代わりますから」

「お前そんなこと出来んの⁉　どんな権限⁉」

「権限なんて大げさです。料理長とは友人関係を築いているだけよ」

「どこまで手ぇ回してんの⁉」

　王宮の厨房でも料理の練習をさせてもらうことがある。これは王女としてではなくロゼの人脈だ。料理長が若かりし頃はこの店で研修を積んでいた縁から始まったことである。ロゼは料理を習い、ある時は記憶に眠るレシピを披露してみせることで刺激になると歓迎されていた。

「どうりで最近味変わったと思ったわ！　いや美味かったけどさあ！」

「わたくしの一存でいつでもカボチャ料理に差し替えることは可能だとお忘れなく。……お兄様も一度味わえばいいのよ」

　思い詰めたように呟く妹に寒気がする。年々可愛げのなくなる妹だ。けれどフルコースは遠慮したいので声には出さなかった。

「はあ……わたくしがしていることは、もっと名をあげてから話すつもりでいたのに、もう顔を合わせてしまうなんて……。それでお客様たちはどうしてベルローズに？」

「噂のカボチャ姫が妹だった場合どうしようかと兄として不安になった！」

　的確な説明である。ロゼの自業自得だった。

「……期待を裏切れなくてすみません。けれど心配されるようなことはしていませんからね⁉　わたくしはベルローズを、ひいてはエルレンテを変えるために行動を始めただけなのです」

「それがお前の婚期を逃してまで取り組みたいこと、というわけですか」

婚期といわれるとロゼとしても心に刺さるものがある。

レオナールもレイナスも、ロゼに無理を強いることはなかった。あの日交わした約束を律儀に守り続けてくれている。それがどれほど大変なことか、盾となってくれる兄たちには感謝していた。

「焦らなくても大人しく待っていて下されば、いずれ観光大使の名を王宮まで轟かせますわ」

「観光大使?」

二人の声が重なった。

「その日までのお楽しみということで、この場は収めてもらえないかしら?」

いつかそう遠くない未来に向けて、楽しみは取っておいてほしい。だからこれ以上はまだ秘密だと、細やかなお願いをした。

「それにしても、わたくしたち血は争えないのですね」

王族が揃って街のレストランにいるという事実がおかしくて、嬉しかった。ロゼは抑えきれない感情を乗せ、料理を勧める。

改めて、噂の効果は絶大だ。もはやベルローズにおいてロゼもといカボチャ姫の名を知らぬ者は存在しない。それほどまでに話題が少ないことを悲観するべきか、素直に健闘を称えるべきなのかはさておき。これは好機である。行動を起こすのは今なのだ。

第十九章　ベルローズ運営会議

ベルローズにはレストランが数多く存在する。次いで多いのが宿であり、何故かといえば人の通り道だからという理由に結びつく。

この大陸において、地図上もっとも多くの面積を誇るのがアルベリス帝国だ。その北部に広がるのは雪と氷に閉ざされた北の大国オルド。件の帝国南方に慎ましやかに隣接する小国がエルレンテである。

となればアルベリスに入国するためには穏やかな陸路続きのエルレンテから入国するという風潮があり、南方からアルベリスを目指すのであれば王都ベルローズを介した入国が一般的である。国が安定しており物資も調達しやすい、あるいは休むのにうってつけだ。

必然的にベルローズにはレストランや宿が増えた。街に活気があるのもそのおかげだろう。名産もない街の貴重な財源となっている。しかしながら、彼らはエルレンテを素通りし、足早にアルベリスを目指す。所詮エルレンテは通過点に過ぎないのだ。

王宮を飛び出し、ドーラという身元保証人を得たロゼは情報収集あるいは活動資金の確保という理由から海辺のレストランを働き場所に選んでいた。

そんなお世話になっている店にまで噂はしかと届いているようで、出勤一番「あれ君のことだよね」と断定されロゼに安息の地はない。

ロゼが看板娘を務めるレストランはベルローズにおいて盛況だ。他の店では味わえない丁寧な接客、味に深みのある料理が評判を呼んでいる。異世界産の良質な接客はロゼの指導のたまものであり、珍しい料理も異世界の知識が基盤となっている。もっともそれらを導入し実行に移す許可をくれたのは店主なので懐の広さに感謝するばかりだ。

最近では噂のカボチャ姫が働いている店として、一目見たさも相まってベルローズ一繁盛しているといっても過言ではない。小さな店内は昼時ともなれば人で溢れかえる。

昼を過ぎれば居座るのはベルローズに到着したばかりの旅人だ。身なりも外套に大きな荷物というかにもな出で立ちである。

ロゼは速やかに注文されていた料理を運んだ。

「大変お待たせしました。野菜のトマト煮込みとハムのサンドイッチ、ソーセージの盛り合わせです。ご注文は以上でお揃いでしょうか?」

「おう、バッチリだぜ！　さすが噂に聞いただけあって美味そうだな」

店内にいる時間外れの客たちはゆったりとくつろいでいる。これならば多少世間話をしても問題はないだろう。

「気に入っていただけて何よりです。旅のお方ですか?」

「ああ、これからアルベリスに行くんでね。その途中に立ち寄らせてもらったぜ。飯の美味い店を訊いたらここを紹介されたんだ」

「それは光栄です。エルレンテは初めてですか？」

「いや、わりと頻繁に立ち寄るぜ」

彼の言い分はあくまでも立ち寄りだ。

（エルレンテは所詮通過点に過ぎないというのね）

対抗心が湧く。

「俺は商人でな。あちこちで買い付けをして回ってるんだ」

「では参考までに伺いたいのですけれど、エルレンテではお仕事をされないのですか？」

「いやー、エルレンテの人間にこんなこと言うのもなんだが……」

「ご配慮感謝いたしますけれど覚悟の上ですわ」

それじゃあ遠慮なくとの前置きをして。

「ここは良い国だけど珍しいもんは何一つないからよ」

ずばりロゼの胸に突き刺さった。

その後、彼からはアルベリスではどういった物を仕入れる予定だという説明をされ、最終的には「おっとこうしちゃいられない！　お嬢ちゃん、代金はここに置いとくぜ。アルベリスが俺を待ってるんでな！」などと言い残して足早に去る始末。

ロゼも後を追うように店から飛び出した。まだ大切なことを伝えていない。

「ありがとうございます！　またどうぞお越しくださいませ――……」

お客様が振り返ることはないが、それでも最後まで精一杯の笑顔で見送る。お前もアルベリスか！　と危うくツッコミそうになったのはいったん忘れよう。

「日々の研鑽、レストランでの仕事ぶりから着々と支持者は増えているわ。オディールの力も同志集めは順調と聞いているし……」

ロゼの狙いどおり有能な共犯者となってくれた。

「そろそろ次の段階へと進むべきかしら」

永遠にレストランの給仕で終わるつもりはない。悠長に働いてばかりもいられないと蹴とばされた気分だ。


三日後、ベルローズの広場はちょっとした騒ぎになっていた。

中央にある噴水に立つのはいわずと知れたカボチャ姫ロゼであり、彼らを集めた張本人だ。

「お集まりいただきましたベルローズを愛する皆様には心から感謝いたします」

男女問わず、年齢問わず、ベルローズを愛する人々が集うという名目だった。噂話網も駆使してここまでの人が集まったのはロゼがレストランで培った人脈とオディールの尽力のおかげだ。忘れてはならないのがドーラの口添えもある。メールなんて便利なものは存在しないのだ。

一度ロゼの演説が始まれば、カボチャ姫見たさもあいまってさらなる人が集まった。また彼女が何かやらかすのではないかと興味津々なのだ。

「なーに、良いってことよ！」

「カボチャ姫の頼みなら断れねーって！」

たとえそこにどんな理由があろうとも、有り難いことである。

「ロゼ姉ちゃーん！　またカボチャ割ってみせて！」

いや、そう簡単にカボチャが割れるものかとロゼは心の中でツッコミを入れる。偶然とは怖ろしい。しかしながら無垢な子どもには伝わらず、今度ねと曖昧に笑って誤魔化した。

「みなさん、わたくしと共にエルレンテを変えようとは思いませんか？」

なんだってとざわめきが起こる。

ロゼはエルレンテの、お決まりの平凡さを語った。そして最後に普通の何が悪いと付け加える。

「特にこのベルローズは見どころに溢れています。今のままなんてもったいないですわ。ですからわたくしは観光地化計画を推奨したいのです」

「観光地って、このベルローズが？」

「あんたもまたおかしなことを言い出すなあ！」

改革というものは、初めは異端扱いされる宿命だ。こうして話の場を設けられただけでも運がよかった。

「普通だ、平凡だ、なんにもないと言われ続けたエルレンテを変えたいと思いませんか？」

「それを俺らがやるってのか？」

「もちろんわたくしも力を尽くします。けれど皆様のご協力がなければ不可能なことですわ」

質問を投げかけるのは年配の人間が多い。長くベルローズに暮らすほど、変革を受け入れにくいのだろう。

「確かに改革は大変なことです。けれどわたくしは皆様のご協力があれば可能だと確信していま す」

突然のことに戸惑う声は大きい。考える時間も必要だろうとロゼが諦めかけた時だった。

「な、なあ！　頑張ってみないか」

それは困惑の中においてひときわ注目を集めた。最初に声を上げてくれたのはかの大会で受付か ら司会進行まで一手に引き受けていた彼だ。まさかという発言者にロゼも見入ってしまう。

「僕は先代がなくなる時、偶然近くにいた。そのせいで、こんな仕事の後任にさせられて、ずっと 面倒に感じていたんだ」

彼にも語られなかった苦労があるらしくロゼは涙ぐむ。

「毎年毎年代わり映えのしない参加者、正直あってもなくてもいいような大会だった。僕は、次第 に自分が何をしているのか分からなくなっていたんだ」

激しく同意。お気持ちお察ししますとロゼは労い同情する。

「でも君が現れた」

「わたくし？」

「君が現れて、みんなも知っての通り大会は変わっただろ⁉」

ああ俺も見たと口々に広まっていく。あれは楽しかったと思い出し笑いが零れた。確かにとあち こちで賛同の声が上がりはじめる。

「彼女なら、このベルローズを変えてくれるんじゃないかな。みんなさ、見てみたいと思わないか？」

戸惑いは次第に興味へと形を変えていた。

「確かに、この嬢ちゃんが何をやらかすのか、気になるって気持ちはあるな」

「あたしが重い物抱えて困ってる時、助けてくれたしね」

「私も相談に乗ってもらいました」

「まあ、ドーラにもロゼをよろしく頼まれたしな！」

あちこちからロゼを支持する意見が生まれ、賛成の声は拡散していく。

「俺らに出来ることがあるってんなら協力するぜ！」

「ちょっと！　男衆ばかりにいいかっこさせないからね！」

オディールが集めてくれた協力者たちも次々に賛同してくれる。最悪でも彼女たちと地道に活動するつもりでいた。それが街中からの支援となれば心強い。

（やっぱりとてもよい街なのだわ！）

生まれ変わった先がエルレンテで良かったとロゼは心から思う。

青空の下、演説後には特別会議が催されていた。ここからは大人の時間だ。主催者は子どもだけれど……。

「それでは会議を始めます」

まず会議のための場所がないことから課題は山積みだ。意見を求めたところで沈黙。そんな静かな会議をスムーズに進行させるのもロゼの役目である。

（意見が出ないのも当然ね）

ベルローズと観光が結びついていないのだ。

「ではまずは最初から考えてみましょうか」

改革を志してから、ロゼは地道に調査を行っていた。簡単な話、「あなたはどうしてエルレンテに？」と訊きまくっていたのだ。その結果、大多数が旅の途中である。

「街頭調査の結果、エルレンテには魅力なしということが判明しました。由々しき事態です」

赤い眼鏡を上げ言い切る。おそらく調査をするまでもなく自覚していることだ。参加者たちはこぞって押し黙る。しかしロゼは沈黙するわけにはいかない。

「ではどうすれば人を呼べるのか。けれど現状エルレンテにまったく外の人間が出入りしないというわけではありません。出荷業者、行商、親戚、旅人、様々ですわね」

安全と物価や治安面では高評価を得ている。そう、旅の途中に寄るには最適なのだ。

「まずは彼らから攻め落とすのよ」

「というと、つまり？」

戦争でも始めるのではないかとオディールは不安げだ。

「彼らにエルレンテの魅力を発信してもらいます。楽しいことがあれば人に伝えたくなる。行ってみたいと思うのだわ。というわけで、具体的な改革について提案させていただきますけれど」

ちなみに会議は全て口頭だ。参加者の中には読み書きの出来ない人間もいる。とはいえまったく記録がないというのも困るためオディールが書記役をかってくれた。

「わたくしの考えるベルローズの見どころは街並みです。花の溢れる景色、可愛らしい家、広場のある噴水、見上げた先に覗く王宮。これだけでも十分に価値があるもの。エルレンテ王宮なんて開国からそびえ立っていますし、歴史的価値もあるわ」

そんなに凄いものかと首をかしげていた。

「それから丘は、セレネの丘というのね？　街の方が教えて下さったわ。市場だって名産はないけれど活気があると評判なのだから、もっとアピールしていくべきよ。だいたい名所というものはね、誰かが素晴らしいと発信すれば勝手に名所になっていくのだわ！」

オディールはすらすらとメモを取ってくれた。

「まずはきっかけとして、何か人が集まるためのイベントごとが必要になるわね」

まさかと呟いたのは司会進行を任されていた彼だ。

「そのまさかよ。次回開催時から豊穣の祭りは街を上げての催しに生まれ変わるの。男性女性、それぞれの競い合いももっと大々的に宣伝して行うのです！」

もう二度と虚しいなんて言わせない。誰かにあの日の自分と同じ寂しさを味わってほしくなかった。

それなら実現出来そうだとわかりやすい目標に場の空気も和む。

「次回豊穣の祭りにおいて、ベルローズは改革最初の大きな一手を仕掛けるのよ！」

おーという威勢のよさは抜群だ。

「つきましては何か、わたくしたちが団結出来るようなシンボルが必要ね。言っておきますけれど、カボチャでは格好がつきませんからね」

「え、じゃあどうすればいいんだい⁉」

ロゼは先手を打った自分を褒め称えたくなった。

「バラなんていかがです？　街中にもたくさん咲かせて、バラの街を定着させるとか！」

「花という提案は素晴らしいわ。街中に咲かせるのも名案です。けれど却下します」

「な、なんでですか⁉」

「訴えられたらどうするの！」

「え、う、訴え？」

「バラの街になんてしてごらんなさい。国家の紋章にバラを使用しているどこかの国に喧嘩を売っているみたいじゃない。権利問題で難癖でもつけられたらどうするの！　わたくしたちはもっと謙虚に、慎ましやかでいいのよ！」

「は、はあ……？」

「バラ園はアルベリスでも見ることが出来ます。どうせならここでしか見られないものにしませんか？　わたくしたちだけの何か――」

真っ先に浮かんだ花の名はロゼにとって思い出深いものだ。紫だけでなく色が豊富で香りも良い。アイリーシャも珍しいと言って喜んでくれた。

「フリージアはどうかしら？」

ロゼが提案すれば花屋の店主が前に出る。

「そうだよ、あんたどっかで見た気がしたけど、いつだったか男の子と一緒に花を選びに来た子だね？」

「その節はお世話になりました。けれどよくわたくしだとお気付きになりましたわね」

「確かに見た目はちょっと違うけど、やけに真剣に選んでたし、若い子が揃って花を買うこと自体が珍しいからね。可愛いカップルだったから印象に残ってたんだよ」

黙々とペンを滑らせていたオディールが顔を上げる。

「ちょっとロゼ様どういうことですか！　カップルって、いつの間にそんなお相手が⁉」

「違いますからね」

オディールには誤解だと念を押し店主に説明する。

「あれはプレゼントで、渡した方もとても喜んでくれましたわ」

「あの花、あんたにじゃなかったのかい？」

「無理を言って一緒に選んでもらっただけなのです」

「そりゃまた変なことを言って悪かったね。けど、あんたたちを見て微笑ましかったのは本当だよ。いいじゃないかフリージア。決まりなら球根の手配をしてやるけど、どうする？」

「私は存じていますが、知らない方が多いのではありませんか？」

オディールの懸念は尤もだ。けれどロゼはそれでいいと頷く。

「知らない、上等ですわ。知らしめてやればいいのです。まるで今のわたくしたちのようですもの。これから共に花をつけ、成長していくのよ」

今度は意見を求めるように周囲を見渡した。

「小さな花が連なった姿は家族のようで、温かなベルローズの人柄にぴったりではなくて？　色も多様ですし、香りはとても華やかです。伸びた葉は剣のように凛々しく、けれど見た目は可憐で、花畑としても映えると思うけれど、どうかしら？」

「確かにバラ園はよくあるけど、フリージアと聞くと思い浮かばないな……」

「ああ、面白い試みかもしれない！　フリージアの咲く街か……うん、面白そうだ！」

肯定的な意見があれば否定的な意見もある。

「でも、植えるのは大変だろう？　それに球根はどうするんだ？」

「この計画が軌道に乗るまでは、最初の貢献としてわたくしがフリージアの球根を用意させていただきます」

「ロゼが？　そんな無理をしなくても」

「無理ではありません。わたくしが言い出したことなのですから最初くらいは協力させてほしいのです。それにしっかり稼がせていただきましたもの」

ロゼは胸を張った。そうして役に立てることが嬉しくもあるのだ。この計画についてきてくれる人の役に立ちたいのも本当だ。

「それと植え手についてですけれど、みなさんで植えるというのはいかが？」

「みんな？」

「ええ、みんなです。すぐに完成させる必要はないのですから、ベルローズのみなさん一人一つと、そしてこれからベルローズを訪れるお客様にも協力を頼みます」

「旅人が植えるんですか？」

旅先で花を植えるだろうかと難しい顔をしていた。

「自分が植えた花の成長って気になりません？　また見に来たくなると思うわ」

「確かに……」

「そして毎年定まった時期に摘み取りイベントを行うのよ！」

「摘み取り、ですか？　そんなことで集客を？」

「永遠に植え続けていても土の栄養が不足してしまうの。となればいずれ植え替えが必要になるわね？　イベントとして公開してしまえば摘み取り手の労力軽減に繋がります。それにフリージアはバラに比べて珍しいでしょう？　なかなか他では味わえないわ。十分集客を見込めると思うのだけど、どうかしら？　思い出に残ってお土産にもなるのよ！」

「す、すごい、完璧じゃないか！」

「お土産で思い出したけれど、豊穣の祭りについてもいくつか改革案があります」

皆の間に、次に何を言い出すのだろうという好奇心が広がっていく。

「お菓子の品評会を開きましょう」

またしても何故わざわざそんなことをという空気に変わった。

「お土産、それは観光地永遠の課題です。優秀な作品には賞という名誉を与え大々的に売り出すのよ」

「何故、そのようなことを？」

あえて訊いてくるということは、おそらく適当に野菜でも見繕った方がいいと思われたに違いない。

「確かに名誉は何の足しにもなりませんけれど、一定の評価を与えられるということは宣伝に繋がります。考えてもみてください。何故わたくしが働くレストランが繁盛しているかを」

はっと息を呑む気配が伝染していく。

「ここでしか味わえないものがあるからです。そしてみなさんが宣伝して下さったからこそ。なのでコンテストは良い宣伝になるということです。その中で一番に選ばれればどうなるか、お分かりいただけますかしら？」

「なるほど、食べてみたくなるな！」

察しは上々だ。

「審査はお客様たちにお願いします。美味しいお菓子を無料で味見出来るとなれば、さらに人がたくさん集まることでしょう」

まずはこれらを足掛かりに改革の手を進めていくつもりだ。

一拍置いたのち、ロゼは言った。

「結局のところ、いくら机上の論理を並べたところで結果はわかりません。ここからは実践あるのみですわね。わたくしも出来る限り街を回るつもりでいますけれど、もし何か急ぎの用がありましたら、こちらのオディールに伝言いただけると助かりますわ」

ベルローズの街は十三歳の少女を筆頭に改革の道を歩み始めていた。

第二十章　帰ってきた悪夢

悪夢のような豊穣の祭りも一年が過ぎれば思い出として昇華する。当初ロゼはそう考えていたのだが、甘く見ていた。一年後、まさかこんなにも傷口を抉られることになるなんて想像もしていなかった。

街についたロゼは無言のまま、広がる光景に抱えていた本を落としたきりだ。ぴくりとも動かない。いや、動けなかった。

まるで置物のように固まるロゼを見つけた街の少年が声を弾ませる。

「あ、カボチャのお姉ちゃんだ！」

とても無邪気に少年は走り去っていった。子どもは残酷だ。ロゼは傷口に塩を塗り込まれた。

天候はどこまでも続く青空、祭りには最適である。暖かな空気には咲き始めたフリージアの香りが乗せられている。それだけで素晴らしい日なのだと街へ踏み出したのだが——

各家の前にも、商店の軒先にも、花の隣にも。いたるところにカボチャが置かれていた。

（どこを見てもカボチャ！）

どこのハロウィン会場に迷い込んだのか――いや、ここはエルレンテだったとロゼは慌てたり冷静になったり忙しい。この世界にはそんな概念聞いたこともない。

（カボチャとフリージア、組み合わせとしては意外と似合うけれど何か違うわ！）

視界はカボチャに占拠されており、うっかり助けてと叫びそうだ。いや切実に助けてほしい。これは悪夢だ。今夜は絶対夢に見るし魘(うな)される。

（むしろこれが夢⁉）

現実逃避したくなるのも無理はない。しかも丁寧なことにカボチャをくり抜いて顔を作るという技まで披露されている。緑だけではなくオレンジという色合いにまで配慮がなされていた。

なるほどハロウィン扱いは的を射ていると自分を褒めたくなる。そして走り出した先には頼れる彼女が想像通りの表情を浮かべていた。

「これはどういうことなの、オディール」

問い質す相手など決まっている。

感情の抜け落ちたロゼの表情には迫力があるなとオディールは思った。もちろん思うだけで伝えてはいない。懸命だ。

「落ち着いて下さいロゼ様！」

「わたくしは落ち着いていますす」

「では怒らないで下さいロゼ様！」

「わたくしは怒っているのではありません。そして何度でも言いますが落ち着いています。ただどんな感情を抱けばいいのかわからないだけよ……」

絶対に自分に関わりがあるという自覚があった。がくりと項垂(うなだ)れるロゼをオディールは気をしっかりと励ます。

「みなさんが、あの……街のみなさんがですね。今年の豊穣の祭りはロゼ様主導で始められた改革の第一歩だからと、何かしたいと申されまして」

「何かの結果がこれ⁉」

「ロゼ様を楽しませたい一心だったんですよ！」

きっとおそらく悪気はないのだとオディールは街の人たちを庇う。

ロゼは今日という日までまったく気付けなかった。だとしたら街の人たちは凄まじい情報統制の力を秘めている。毎日のように街を歩き回るロゼの視線を欺き、昨日最後の点検だと見て回ったロゼが王宮に帰還した後、至急飾りつけを施したのだ。凄まじいとしか言えない。だから責めないようにと縮こまるオディールも計画に一役買っているのだろう。

「責めるつもりはないと言ったでしょう。むしろ感動しているわ。ただ少し、あまりのことに動揺していただけなのよ……」

「怒っていないのですか？」

最初から怒る理由なんてないのだ。

「貴女、ハロウィンという言葉を知っている？」

「いえ……初めて耳にしました」

「そう。ハロウィンという概念を知らず、自主的にこの境地へ辿り着いたというのね。わたくしはベルローズのみなさんを尊敬するわ」

「彼らはそんなに凄いことをしたのですか⁉」

「そうね。まずハロウィンというのは……」

おそらくオディールはいつものように本から仕入れた知識だと解釈しているはずだ。

「とある国の行事の名称で、カボチャを使った装飾が多用されるのよ」

「カボチャですか？」

「そうよ。期間中はまさにこの街のような光景が広がるわ。概要を知らずにこのファンタジー定番イベントを発生させたというのだから誇らしいわね。しかもくり抜いたカボチャで料理を堪能することが出来るなんて、お祭りらしい発想で素敵じゃない。昔とある大会の後にそんなことをしたような気もするけれど」

さながら西洋のハロウィンと日本の冬至が合体したような趣向だ。

ロゼは動揺のあまり、日本などと口にしてしまったが、オディールはあまり気にしなかったようだ。

「ロゼ様が喜んでくださったのなら彼らも誇らしいでしょうね」

「ですからわたくしが不安に思うことは一つ。仮にこの催しが功を奏し定番化したとして、観光客の皆さんもさぞ楽しんで下さることでしょう」

「はい、きっと！」

「そんな時、観光大使は語らなくてはならないのよ……このイベントの由来を！」

あ――とオディールが視線を逸らした。時はすでに遅い。

「これ絶対わたくしのせいよね⁉　貴女にわたくしのこの複雑な気持ちを理解することが出来る⁉」

ロゼが感動もとい押し寄せる感情の処理に困っていれば新たな登場人物が現れた。

「よう、嬢ちゃん。どうだい、いい仕上がりだろ？」

「あ、貴方――」

かつて忘れられない事件があった。それはこの悪夢が始まったきっかけの――

「カボチャ泥棒さん⁉」

顔を見るのは一年ぶりということになる。仕事を探すと言い残し、彼はベルローズを去ったのだ。

「あん時は本当に悪かった。もう足は洗ったんだぜ」

深く謝罪する様子にロゼは彼の更正を喜ぶ。次の瞬間には崖下に叩き落とされたが。

「今は罪滅ぼしもあってカボチャ農家で働かせてもらってる。どうだい今日の仕上がりは？　及ばずながら、俺も精一杯尽力させてもらったよ」

「え」

「嬢ちゃんのために何か出来たらと思ってな。提案させてもらったんだ」

お前か、お前のせいなのかと瞠目する。ロゼの眼差しは次第に虚ろになっていた。

「あの時俺が割らせちまったカボチャの供養を込めてな。それくらい大切にしないと嬢ちゃんに怒られちまうだろ?」

むしろ何の嫌がらせかと別の意味で怒りたい気分なのだが、次の一言に不満は相殺されていた。

「俺も嬢ちゃんのために協力させてくれないか」

「カボチャ泥棒さん、貴方――」

「おいおい、それは過去の俺だぜ。心を入れ替えてな、今はブランシエッタで畑を耕させてもらってるんだ」

「ブランシエッタ?」

馴染みのある名が挙がったことでロゼの注意は逸れた。

「最初は色んな土地を転々としてたんだが、あっちで大規模な改革があってな。農夫をたんと募集してたんだよ」

確かに領地は広く耕作にも適しているが、農業に力を入れたという報告はまだ上がっていない。

「なんでも辺境伯様ってのが農業に乗り気らしくてな。俺みたいなのもたくさん雇ってくれて助かったぜ。最近なんて畑一つを任せてもらえたんだ! しかもその辺境伯様のご子息ってのが直々に視察されてな、働き者だって俺のことを褒めてくれたんだぜ!」

(ブランシエッタ、辺境伯の息子って……まさかヨハネ?)

いやまさかと太陽の下を歩き回るヨハネを想像して失敗する。

「俺はしがない農夫だが、こんな俺の手でも必要になったら言ってくれ。俺でも畑くらいは耕せるからよっ！」

どこかで似たような台詞を言ったような……

カボチャ泥棒改めカボチャ農園勤めの彼は深い謎を残し去っていく。追及したくとも今日に限ってロゼには猶予がない。多忙な一日は始まったばかりだ。

街の住人が宣伝して回ったおかげで多くの人がベルローズへと足を運んでくれた。親戚や友人、偶然滞在していた旅人まで、それはもうたくさんの人が驚きながらも楽しんでくれた。

その日ベルローズを訪れた人々は奇妙なカボチャの装飾に目を見張る。もちろんロゼを含めて。人が集まれば必然的に大会の参加者も増える。住人たちが積極的に加わることで初めての人でも気軽に参加しやすい空気を作った。もう二度とロゼのような犠牲者を生まないためにも特に気を配った。おかげで女性部門、そして男性部門でもそれまでの虚しさが嘘のような盛況ぶりだ。

女性部門では年頃の女性たちが参加しくれたことで華やかさが増し、男性部門では何故かロゼが駆り出され……ロゼを倒した者が優勝と勝手なルールが決められていた。

中止させようにも観客は待ち望んでいた。派手に盛り上がられては出来ないとは言えず、舞台に上がったロゼは見事勝利をおさめた。兄や未来の暗殺者に比べれば参加者の実力はまだまだである。

優勝賞品には名誉とベルローズで使える商品券を手配していたはずが、余ったカボチャを大量にいただいてしまった。運営側は余ったと言っていたけれどロゼは直感している。来年からも賞品に紛れ込ませるつもりに違いないと。この呪縛、教会で御祓いしてもらうべきか。

お菓子の品評会も盛況だ。パン屋の店主からレストランの店主、主婦層までもが参加し盛り上がりをみせている。

それにしてもカボチャを使ったお菓子が食べられるとあっては観客たちも幸せそうな表情を浮かべていた。無料でお菓子が八割を超えていたのはどういうことだろう。結局優勝したのはカボチャのカップケーキである。しっとりとした口どけ、ほどよいカボチャの風味は味も見た目もお土産向きなので黙認するが……。


ロゼは一日中あちこちを走り回ってくたくただ。問題は起きていないか、正しく運営がなされているか、迷子はいないか……すべての大会が無事に終了してようやく日暮れと共に息つくことが出来た。

少しだけ休憩をもらい、ベンチに座ってフリージアを眺めていた。まるでこの日のために頑張って咲いたといわんばかりの満開には癒される。

さすがに疲れたと認めるが、嬉しい話を聞かせてもらったばかりだった。

それは宿に迷っていた旅人を案内した時の事。彼は偶然ベルローズに居合わせた旅人だった。祭りの盛況ぶりで埋め尽くされた宿泊客に、泊まる宿を探していたという。ロゼは大通りからは少し離れているが接客は丁寧だという宿を紹介した。

彼は感謝の言葉を告げると、自分は幸運だったと語る。またいつか、今度は家族を連れて遊びに来たいと言ってフリージアを植えてくれた。

企画や準備は大変で、苦労も多かった。けれどその言葉だけで救われた気がした。頑張ってよかったと心から満たされたのだ。

こうして生まれ変わった豊穣の祭りは成功をおさめ、いつしか観光大使の名は王宮まで届く。豊穣の祭りを終えたロゼはメイドたちを通して、観光大使の存在を聞かされた。自分のことを人から改めて聞かされるのは気恥ずかしいものだが、今頃は兄の耳にも入っていることだろう。現在のロゼはあくまで自称観光大使でしかない。正式に任命することが出来る存在なんて一人しかいないだろう。

ロゼの正式な観光大使の名をかけた試練が始まろうとしていた。

第二十一章　観光大使は準備中

「安心と信頼はとても大切なのです」

悩める乙女は語る。

「ロゼ様、急に悟ったような表情を浮かべられて、どうされたのですか？」

どうしたもこうしたもないとロゼは憂う。

「豊穣の祭りにはたくさんの方がいらっしゃいました。改めて痛感させられたのだけれど、みなさんはわたくしを知っているから信頼して下さるのだわ。けれど初めてエルレンテを訪れた方にとっては疑わしい、というより胡散臭いのではないかしら」

改革に目を向けるあまり自身がどう思われているか、考えもしなかった。

「豊穣の祭りで何度も怪しまれて……」

率先して協力を申し出るロゼだが怪訝な眼差しを向けられることも多かった。観光大使もカボチャ姫もロゼという少女も、見知らぬ人間という認識なのだ。

「そこでわたくしは決めました。いつまでも自称観光大使ではいけないのだと！」

そう、自称。ロゼはこの間、自称観光大使を名乗っていた。任命されたわけでもないのでそうするしかなかった。

「どうすればその自称部分はとれるのですか？」

「わたくしのせか――いではなくて。どこかで拝見した参考文献によれば、地位のある方から任命されるのが一般的ね」

この世界で言い換えるのなら領主だろうか。けれど何か違う気がする。もっとこう、強烈に影響力があって逆らえないような……

「国王陛下からの認可を奪い取りましょう！」

「怖い、ロゼ様怖いです」

次の目標は定まった。

「まずどなたかに現地を視察していただいて！　わたくしの名では兄たちに気づかれてしまうわね、

適当な偽名で嘆願書を送りましょう。実際に活動を見ていただくのよ」

目標が定まればやることは多い。活動といってもロゼたちの活動に正しい形は存在しない。目に見える形でどうやってアピールするか考えなければならない。つまりは――

「ベルローズ観光ツアーを開催するのよ！」

右腕ともいえるオディールへと、まずは詳しい説明を始めた。


計画から実行までは一月を費やした。けれどその分だけ自信をもって立ち向かえるというものだ。

鮮やかな赤いワンピースが揺れる。何となく、自分は大切な日には赤を選ぶ傾向があるらしい。白と赤のコントラストが美しいワンピースに茶色いブーツ。髪は邪魔にならないよう一つに編み、赤い縁の眼鏡で素顔を隠す。これは特殊な素材で作られたもので、レンズを通せば紫の瞳はたちまち深みを増す。

街に暮らす少女ロゼの完成だ。これがロゼの勝負服である。

「いよいよね。わたくしたちは存分に備え計画を練ってきた。今日、その真価が問われるのよ！」

「ロゼ様、まるで革命宣言です」

「え⁉　そ、そうなの？　違うわよ⁉　誰もそんな過激なことは考えていませんからね！」

小さな笑いが起こる。ロゼは一つ咳払いをして気持ちを切り替えた。

「それでは本日ご案内するお客様を紹介させていただきます」

ロゼの背後から青年二人が顔を出す。

「どうも、初めまして。国王陛下の名代、レイと申します」

きらりとかけ直した眼鏡が光る。似合ってはいるが慣れてはいない様子だ。好き勝手はねていた髪は大人しく、眩しかったオレンジは鮮やかさを失っているが、どう見てもレイナスである。

「同じくレオと申します。本日はよろしくお願い致します。今日を楽しみにしていましたよ」

こちらは髪を下ろして分け目を変える作戦のようだがどう見てもレオナールである。

「な、なんっ――!?」

オディールは盛大に噛んだ。これはどういうことかと目が訴えている。ロゼに至っても何故お前たちが来たという呆れ顔だ。

「な、なんで!? あ、いえ、どうしてこちらに!?」

眼鏡や髪形を変えるなどの変装手腕は認めよう。愛用の染粉が流出しているのは不思議だが、ロゼとオディールの目は誤魔化されない。

「そう堅くならずに。私はただのレオですから、どうぞ気軽に接してください」

難易度の高い要求にオディールは魂を飛ばす寸前だ。いっそ飛ばせたら楽だっただろうに、これから観光案内をしなければならない。オディールはロゼに助けを求めた。

「そうね。こう言ってくださるのだから、有り難くお言葉に甘えることにしましょう」

ロゼの切り替えは早かった。颯爽と期待を裏切られたオディールだ。

「むしろいい試練ね。どのような方であろうと臆することなく立ち向かう訓練です。この試練を乗り越えた時、わたくしたちは更なる力を得るのだわ」

王族を前に気弱なオディールだが彼女の意志が強いことをロゼは知っている。だからこそ安心して助手を任せるのだ。

「これよりわたくしたちはベルローズ満喫ツアーに出発します。実際に生まれ変わったベルローズをその目でいただくわ。改革の実績を認めてくださるのなら、国王陛下勅命の観光大使任命書を所望します」

「嘆願書に書かれていた件ですね。お前の仕事ぶり次第とだけ言っておきましょう」

「望むところですわっ！」

気合と比例するようにロゼは旗を掲げる。

「じゃ早速質問なんだけど、いい？」

質問許可を求めたのはレイナスだ。

「どのような質問でも受けて立ちます」

「ずっと気になってたんだけど、その旗、何？」

「レイ、よく訊いてくれました。私も気になっていたところです」

自然とロゼの手元で揺れる旗に視線が集まる。

「これは手旗といって、引率者の目印です」

観光案内といえば引率者には手旗。前世ではそう認識していたのだが、世界の違いは文化の違いだ。

「あー、なるほど。確かにロゼちゃんが旗振りながらこちらでーすってやってくれたの分かりやすかったな」

「ええ。私たちは顔を存じていましたが、見知らぬ人間には効果的でしょう。それにしても随分と可愛らしい紋様ですね」

そこにはとある花が描かれている。構想を伝え製作してから自慢したくてたまらなかったものだ。

「わたくしたちのシンボルなのです」

手旗には企業の名やツアー名を入れることが多い。となれば街の代表として案内をするロゼの掲げる旗は決まっている。もちろんこのシンボルについても堪能してもらう予定だ。かくしてロゼと視察団二名、サポート役のオディールは出発する。


「お客様はフリージアの花をご存じ？」

「あれだろ？　どっかで見たことあるような気もするけど、ちゃんと名前を聞くのは初めてかもな」

諸国を回る際、レイナスはどこかで目にしている可能性もある。レオナールは初めてだと語った。

「それでは、お二人ともこちらへどうぞ。まずはしっかり袖をまくってくださいね」

言われるがままの二人に球根を手渡す。

「フリージアの球根ですわ。お客様の手で植えられた花がベルローズを彩るのです」

「なるほど、面白い演出ですね。これが花となって咲くのですか？」

花どころか土いじり経験皆無であろうレオナールは興味を示す。ささくれ一つない美しい手が球

根を転がした。

「花が咲くころに、また見に来てくださいね」

「なるほど、確かに楽しみですね」

レオナールは慣れない手つきで土を掘る。不器用ながらも自ら民の生活に寄り添おうとしてくれた。手が汚れることを気にせず、最初から最後まで自身の手でやると快く引き受けてくれたのだ。そんな彼が自国の王であることが誇らしい。

(ん？　王……王⁉　国王陛下自らお植えになった花と宣伝出来たなら！)

しかしお忍びである。まさか身分を隠したことが仇になるとは……。いずれ公務としても訪れてもらいたいものだ。


「あれ、もしかして店増えてる？」

市場につくなりレイナスは核心を衝く。

「さっそくお気付きになられるなんて、さては常連でいらっしゃる？」

「あはは……」

レイナスにとってもお忍び歩きは日常のようだ。確かにレオナールよりも変装に馴れている様子が滲み出ている。

ベルローズにおいて市場というのは大通りから噴水のある広場までのことを指し、馬車が通れるほどの広さを誇る通路にテントを立てて営業するのが一般的だ。テントは骨組みと布を屋根として張った簡易な造りなので増設もしやすい。布はそれぞれの店がこぞってカラフルな色合いを敷いているので華やかだ。これもまた天候気候の変動が少ないエルレンテならではの手法といえる。

「みなさんに掛け合って、食べ物を扱うお店を増やしていただきましたの」

「そういや色んな匂いがするな。甘いのやら、香ばしいのやら」

甘い砂糖、香ばしいバター、焼きたてのパン、とりわけ気を引くのは肉汁の香りだ。

「でもなんだって食べ物？」

「観光巡りをしながら気軽に召し上がっていただくためです。美味しいものを食べることは観光の醍醐味ですもの」

「それわかるかも！　俺、異国に行って珍しいものを食べるのが楽しみだし」

カラフルなパラソルが立てられた木のテーブルには思い思いの食べ物を手にした人々が座っている。

「お、あの串焼き美味そう！」

「ええ、串焼きといった軽食を扱う店には力を入れました」

「なるほど。レストランで空腹をみたすほどでもない、となれば軽食を、ということですね」

「お祭しの通りです。気軽に食べられるものは必要ですもの。テラス席やベンチもたくさん設置してありますから、買ったものを好きに召し上がることが可能です」

店先に顔を出すたびにロゼは声をかけられる。もちろんその背後をついて歩くお客様にもだ。

「あら、ロゼちゃんいらっしゃい。そっちのお兄さんたちは初めての顔ね。どうですか、味見していきませんか？」

「お、嬉しいサービスだな！　次来た時はぜひ試させてもらうよ。今日は噂の美人さんに案内してもらってるところでさ」

「ああ！　そういうことなんですね。では、またのお越しをお待ちしています」

　串焼きの話が届いていたのか積極的な営業だ。けれどしつこくはない絶妙なさじ加減も心得ている。

「ベルローズの人たちって気さくでしょう？　お話しされるだけでも楽しいと思いますわ」

「だなっ！」

　そういうレイナスのお客様ぶりも手馴れていた。

「それにしてもお客さんたち、ロゼちゃん独占するなんて羨ましがられますよー。この子、大人気なんですから」

「え、そうなの？」

「そうですよ。こないだもファンの子からプレゼントをもらったり、デートに誘われたり。可愛いですから絡まれることも多くて心配ですけど、まあ、たいてい一人で撃退しちゃうんですよね。そこがまたカッコいいと評判で」

「お姉さん、ちょっとそこんとこ詳しく教えてくんない？」

「ぜひ私にもお願いしたいですね」

「さあお客様ー、先を急ぎますわよー」

レイナスから不満がでるも時間進行は守らなければと言い含めた。

「て、あれもしかしてエルレンテ産の野菜？」

「お前、やけに詳しいですね」

ロゼが説明するまでもなくレイナスは変化に敏感だ。

「最近ではブランシエッタ辺境伯主導の下、農業改革が行われたそうで、生産の向上に尽力されていると聞いていています」

「なるほど、それは称賛に値しますね」

レオナールにも思うところがあるようだ。そうですわねとロゼは同意しておいた。

「野菜だけではありませんわ。なんといっても、お土産品を充実させたのです」

「え、ここでエルレンテの土産が買えちゃうの!?」

一体何がとレイナスは周囲を見渡す。外交官として頻繁に他国に赴くレイナスは話が早い。妹へのお土産には抜かりがない兄だ、お土産の大切さを理解していた。

「これまでエルレンテを訪れた際、お土産を買うだなんて誰も考えつかなかったことでしょう」

多少大げさではあるがそれくらいの認識だった。

「けれどもう同じことは言わせません！」

歩きながらロゼおすすめの土産講座が開催された。

「まず一件目はお馴染み花屋さんですわ。お気付きのように随所に見られるフリージアを多様に取り揃えています」

「そうそう！　お客さんたち、恋人へのプレゼントに花はいかが？」

「そうですね……彼女も喜びそうです」

レオナールが妻を想い幸せオーラを振りまく一方では贈る相手のいないレイナスが切なさをにじませる。そんなレイナスのためにも気の利く自称観光大使は先を急いだ。

「あちらのお店では、先日の豊穣の祭り菓子品評会において一位を獲得された商品を販売しています」

「なるほど優勝した菓子が……。それは興味深いですね。ぜひ食べてみたいものです」

「お土産にいかがです？」

カボチャのカップケーキは好評だ。エルレンテにゆかりもあり、日持ちもしやすく味も美味しいので文句はない。可愛くリボンでラッピングすればちょっとしたプレゼントにもなる。

「詳しくは機密ですけれど、いずれ販売予定の新たな菓子も開発中です」

「それはまた楽しみですね」

「食べ物の話ばかり続いてしまいましたわね。そろそろ時間もお昼時ですし、次は海へとご案内しましょう」

「食事で海、ですか？」

「エルレンテの見どころの一つに海があります。空よりも深い青に染まる海を眺めてのお食事は大変な贅沢なのです」

砂浜は少ないが、その分広がる海を贅沢に楽しめるのがエルレンテの海岸だ。

「たくさん歩いてお疲れでしょう。今日のために特別な料理も用意してありますわ」

特別という言葉は興味を掻き立てるもので、一行は海辺へと移動する。


まだこの店にしかないメニューがある。そんな理由からロゼはかつて働いていたレストランを食事場所に選んだ。改革を始めてからというもの給仕の仕事からは離れていたが、店主は快く迎えてくれた。

一行は海の見える特等席へと案内される。

テーブルには大きな皿いっぱいに平べったいパンのようなものが置かれていた。生地の上にはソーセージらしきものの輪切りや緑の葉がちりばめられ、チーズのとろけるような香りで仕上げられている。

「これは――随分と大きいのですね。いくら男とはいえ、とても一人で食べきれないのではありませんか？」

「これはシェアが目的なのです」

「シェア？」

エルレンテの文化には一つの料理をシェアするという文化がない。

「美味しいものは共有することで、その分たくさん味わうことが出来ます。ここは街のレストランなのですから気軽に話しながら食べるのですわ。堅苦しいマナーなんて存在しませんもの」

「気軽に、ね。なんか、そういうのいいな」

レイナスが目配せすればレオナールも同意する。

「そうですね。王宮（あそこ）にいては体験出来ないことですから面白そうです。次は妹も誘いたいですね」

ロゼは光栄ですと顔を綻ばせた。

「きっと妹さんも楽しみにされていることでしょう」

「これらの料理にはワインも合いそうですね」

「お仕事でなければお出ししましたけれど、残念です」

忙しいレオナールの貴重な時間だ、サービスはしたいけれど素面（しらふ）でいてもらおう。ロゼは空いたコップに水を注いだ。

「そんじゃ、次は俺とプライベートで来ようぜ」

悪戯にレイナスが提案する。

「ちゃんと妹さんも誘ってあげるのよ⁉」

軽口を叩きながらテーブルを囲む日を彼らの妹は待ち望んでいるのだ。

食事の合間も使ってロゼはベルローズを売り込み、空腹が満たされたところで次の目的地を告げた。ちょうど足も休まった頃だろう。


「結構歩いたな」

一行はセレネの丘へと向かっていた。

「今回の探索において功績を認めていただけたのなら、いずれ観光馬車も整備していただきたいところですわね。行き来がしやすくなりますもの」

そういった現実も知ってほしくて歩いてもらっている。

「セレネの丘はご存知で？」

「知ってるけど、あんなところに店があるのは知らなかったぜ」

レイナスの示す先には小さな屋台がある。

「景色が良ければ美味しいものも食べたくなりますわ！　それに街から少し離れていますもの。お店があれば便利かと、頼んで営業を始めてもらいましたのよ。ベンチもいくつか整備させていただきましたわ」

到着と宣言したロゼは手を広げた。

「こちらの見どころは、この景色です」

「改めて目にすると、素晴らしいものですね」

レオナールが感嘆する。

「わたくしとしてはそちらのお兄様にお勧めしたい場所ですわね」

「え、俺？」

「こちらで告白すれば永遠の愛が叶うとか！」

「ごめん、まず相手を見つけられるご利益がある場所を紹介してくれる？」

「……探しておきます」

ロゼは肩を叩くことしか出来なかった。反対側にはレオナールの手がのっていた。

「それと、最後にセレネの丘へお越しいただいたのには理由があるのです。ご覧になって！」

ロゼが腕を広げる背後はオレンジに染まっていた。青には茜が混じり、太陽はゆっくりと沈み始めている。

「全部一度に見下ろせるのはここが一番だと、昔わたくしも教えてもらったの」

これ以上の言葉は不要だと、彼らはその光景を目に焼き付けた。彼らにとってもこの光景は守るべきものである。

「この計画をしいたのはお前なのですね」

「確かに発案はしましたけれど、わたくし一人の力では叶いませんでした」

そう言って振り返る。その先にあるのはベルローズの街並みだ。

「わたくしを信じて力を貸してくださったのよ」

「お前は随分と慕われているのですね」

「勿体ないお言葉ですわね。今はまだわたくしが案内をしていますけれど、いずれは日替わりで人材を普及させるつもりです。そのためにも王に認められたという称号が必要なのです」

「なるほど、お前の言い分はよくわかりました。今日のことは私から国王陛下に伝えておきましょう」

「お願いしますわね」

「俺さあ、今日楽しかったぜ。うちの国って、こんなに見るところあったんだな。ちょっと誇らしいや」

「ぜひ宣伝していただけると有り難いですわ。お客様のお話、評判がよくってよ」

「おう、任せとけ！」

沙汰は追ってということなのだろう。緊張に身が引き締まる。するとレオナールは表情を緩めて告げた。

「それでは私たちは仕事がありますので失礼しますが、あとはよろしくお願いしますよ」

「あと？　今日の予定は全て終えていますけれど」

この後は解散し、ロゼは反省会の予定である。

レオナールとレイナスは顔を見合わせ薄く笑う。これは何かを企んでいる時の顔だと妹は直感した。

「ベルローズを頼みます。観光大使殿」

レオナールの発言に言葉を失う。

「俺らは最初からロゼちゃんならやってくれるって信じてたからさ、最初から今日任命するつもりで話を通しておいたんだよね」

「正式な任命は改めて書面で送りましょう。お前の活躍を楽しみにしています」

「頑張ってね、ロゼちゃん」

悪戯が成功したと言わんばかりだ。緊張の糸は切れ、ロゼが呆けているうちに話はどんどん進んでいく。

「やったなアニキ！」

「ええ、大成功のようですね」

「ねえ、どういうことかしら？」

「いつもペース乱されまくってるからさ、たまには仕返し？　いい顔見せてもらったぜ！」

「レイに話を持ちかけられた時は不安でしたがなるほど、これはいいですね。ロゼが呆気にとられているなんて、貴重です」

「わ、わたくしとても緊張していたんですからね！　人が悪いわよ⁉」

「そう言うなって！　んじゃ、あとは書面でな。お前には待ってる人たちがいるんだろ？」

レイナスが示す先にはベルローズの街並みがある。オディールを振り返れば彼女も頷いてくれた。

「謹んで拝命いたします」

待機させていた馬車に乗り込む二人に向けて、ロゼは深く頭を下げ見送った。


電気もない世界だ。日暮れと共に眠り、日の出と共に起床する。けれども今日ばかりはベルローズの街は眠らない。なにせめでたい祝いの席、祝賀会が行われている。

声高に酒を呷り、夜だというのに灯りが絶えない。けれど誰も咎めることはない。咎めるどころか人が人を呼び、街を上げての騒ぎとなっている。

各々が家から持ち寄ったランプを灯し、ちょっとした幻想的な光景にもなっている。夜のライトアップも幻想的で、いい観光アピールになると思った。

こういう賑やかな雰囲気を人はお祭り騒ぎと呼ぶのだろう。元々街の人たちは陽気でノリは悪くない。やれば出来るのではないかとロゼは誇らしい気分だった。

人々の手にはコップが握られていた。その中味はワインであったりジュースであったり、ただの水だったりと様々だが、一様に彼女の合図を待ち望む。

祝いの席であれば乾杯をと提案したのはロゼだがコールという大役まで任されてしまった。

「僭越ながら、この場をお借りして一つ、お訊きしたいのですが……。あの、とても今更という気もするのですが……わたくしでよろしくて？」

何をなんて訊き返すような無粋な人間はいない。それくらいわかり切ったことであり、答えも決まっているのだ。

盛大な笑いが巻き起こる。

「あんた意外に誰がいるってんだよ！」

「そうだそうだ！」

「ロゼお姉ちゃん、大使様なんでしょう？　頑張って！」

涙が込み上げる。けれど祝いの席に涙は相応しくないと笑った。

「わたくしベルローズが好きです。この街に暮らすみなさんが大好き。わたくしの願いは、この灯りが永遠に消えないこと。そのためには今日は始まりにすぎません。けれどみなさんとならどこまでも行けると信じています。その熱意が伝わったからこそ、ここに観光大使が誕生したのですから」

いまかいまかとその合図を待ちわびる。あまり長い話をしても退屈だろう。

「ベルローズの、そしてエルレンテの繁栄に——乾杯！」

乾杯の声は幾重にも重なり街を包み、やがて王宮にまで届いたとか。そっと彼女の兄たちも妹の門出に盃を捧げていた。


街のいたるところでは酒と料理が振る舞われていた。ロゼが提案した串焼きの評判も上々だ。酒と相性もよく、串焼きを片手にしている人も多い。

「こういうの、素敵ね」

そう呟くロゼの隣には自然とオディールが寄り添っていた。

「私も素晴らしいと思います」

「本当？」

意地悪な質問だと自分でも思う。彼女を巻き込んだのはほかならぬロゼだ。

「私、ロゼ様よりもベルローズ歴は長いんですよ。以前のベルローズは、もちろん住みよい街でしたが、ここまで楽しいと感じたことはありませんでした」

「わたくしは貴女の旦那様に恨まれていないか心配よ。せっかくのおめでたい席ですもの、旦那様といなくていいの？　息子さんだってお母様が恋しいはずだわ」

「旦那様は早急に酔いつぶれてしまいましたから……。息子はドーラ様がみてくださいます。すっかりドーラ様に懐いていますから。それに私が、ロゼ様の隣が一番落ち着くのです」

気付けば王女と元王宮メイドの距離は随分と近くなっていた。

「嬉しいことを言ってくれるのね」

「そういえば、旦那様にも言ったことがありませんでした」

「ますます本格的にわたくしの身が危険じゃないの……」

会話が途切れれば先のことを考えてしまう。まだロゼが想い描く街は完成しておらず、きっと完成することはないのだと同時に思う。これはいつまでも歩みを止めず発展していくための計画だ。未来永劫、歴史に名を刻めるように。

「ねえ、オディール。わたくしあと三年で計画を完璧なものにしてみせる。まだ豊穣の祭りを変えて観光大使に就任させてもらえただけですもの。これからはいつお客様が訪れても楽しめるようにするつもりよ」

改革には目標が必要だ。三年後、ロゼは十七歳となる。それはくしくもロゼブルでの主人公と同じ年齢であり、この三年のうちに体制を整えろという猶予にも感じられた。

「無事に認可もいただけたことですし、まずは観光協会を発足させようと思うの」

その年、エルレンテには史上初となる観光協会が発足する。会長にしてベルローズ支部長、初代観光大使は満場一致でロゼが務めることになった。

「ここをベルローズ支部として、わたくしたちが歴史を作るの。いずれエルレンテだけではなく他国にも広まったら素敵よね」

きっとそれは笑顔に溢れた世界に違いない。

「随分と大変そうですね。私も頑張らないといけません」

「ありがとう、オディール。貴女がいてくれたからここまで上手くいったのよ」

「そんな！　私はただロゼ様の指示に従っただけですから」

「貴女以上の共犯者なんていないわ。だからこれからもよろしくね、共犯者さん」

「喜んで。主犯のロゼ様」

物騒だと感じたロゼは間違っていないはずだ。もうこの表現はやめておこう。

「また忙しくなるわよ！　何といっても、これからは自称ではなく正式な認可があるんですもの心強いわ！」

「はい」

「まずはわたくしたちも串焼きを食べるのよっ！」

「はい！　かしこまりました。確保してまいります」

働いていた頃の癖なのか、オディールは速やかに主のため串焼きを探しに行く。下手に動いては合流が難しいだろうと判断して、ロゼは大人しく待つことにした。

人の熱気から離れ、一人になるとどうしても考えてしまう。これがいつかノアが教えてくれた変な顔に相当するのだろう。

「ねえ見て、とても賑やかでしょう？」

つい振り返りそうになるけれど、そこに望む白はないとわかっている。

「貴方は今、どうしているの？　手紙の一つもくれないわね」

エルレンテは普通の国だと人は口を揃えて言うけれど、二人が普通に街を歩けたことは一度しかなかった。

雇い主とその娘、好敵手、友達、あるいは雇い主とその妹。二人を表す呼び名はたくさんあるけれど、どうしたって忘れることの出来ない運命の人だった。たとえ本来出会うはずのなかった脇役と攻略対象であろうとも。

「けれどもう、普通だと言われてばかりのエルレンテではないのよ。だから……」

またノアへの想いが零れていく。この想いが手紙となって届けばいいとさえ願う。

「いつ帰ってきてくれてもいいのよ」

その日までロゼはエルレンテで待ち続ける。早く帰ってきてほしいと口にしないのは精一杯の強がりだ。

「ロゼ様、お待たせしました。ご所望の特製串焼きですよ！」

「おーい、ロゼちゃん！　そんな隅っこにいないでこっちにきなよ」

望んでいた彼のものとは違ったけれど、あちこちでロゼの名が呟かれている。

「すぐに行きますわ！」

きっと何度でも寂しくなって、その度に白い影を探すだろう。けれどやるべきことはたくさんあると、泣いている暇がないことが救いだった。

これにてロゼが観光大使を志した記録は幕を下ろす。これより先は新米観光大使として手腕を振るう日々が始まるのだ。

しかしながら、『あなた』というお客様にも認知されていなかったとなれば問題だ。気合いを入れ直さなければならない。真の敵、ローゼス・ブルーという運命を打倒するためにも未熟なままではいられない。

「わたくしども観光協会は、ひいてはエルレンテの民は、お客様の到来をお待ち申し上げております。エルレンテの敵とならない方であれば心から歓迎させていただきますわ」

ただしそうでない場合は注意が必要だ。仮にエルレンテを陥れようと画策していたり、観光大使の可愛い可愛い姪に言い寄ろうとしたり、滅亡への火種を抱えているのであれば話は変わる。

「お客様が滅亡への刺客だというのなら、観光大使が全力をもって対処させていただきますわ」

にっこりと、それはそれは優雅な笑みをもって観光大使は語る。

第二十二章　望む未来は君の隣

遠く明かりの消えた王宮は沈黙している。

セレネの丘に一人――その姿はかつてエルレンテを訪れた時と重なった。

憧れていた緑に感動し、流れに身を任せるうちに王宮で働いていた。生きていけるのならどこだって構わないと考えていたはずなのに、別れを惜しむこの状況が信じられずにいる。

「これで良かったんだよね？」

引き止められなくてよかったとノアは呟く。何が正しいのかは誰にもわからない。ただ一つ言えることは、今のままでは望む未来は得られないということだ。

止めてほしい、惜しんでほしいという願望がある。行かないでと言われていたら決心が鈍っていただろう。たった一言でさえ、彼女の言葉は自分を揺さぶるのだ。あるいは泣かれていたら、格好がつかない事態になっていたかもしれない。彼女の強さに救われた。

夜の気配を含んだ風はいつもに増して生暖かい。およそ殺気だったものは感じられず拍子抜けしてしまう。

「……告げ口しなかったんだ。刺客の一人や二人覚悟してたのに」

もちろん返り討ちにするつもりでいたけれど。

彼の主――正確には元主は、妹をそれは大切に想っている。常に本心をみせない笑みを浮かべているが、身内を大切にしていることはこの仕事だからこそわかる。あの兄ならやりかねないと、それくらいの無礼を働いた自覚はあった。

「どこかの誰かがずるがしこいせいで、何も見えませんでしたから」

男なのか女なのか、若いのか老いているのかも判断させない、中性的な声音をしている。

何も見なかったと、文字通り目をつぶってくれたらしい。これは大きな借りが出来たものだ。もし報告されていたら今頃は総動員で追いかけまわされ感傷に浸る暇もなかっただろう。

「行く当てもなく彷徨っていたお前を護衛に引き入れたのは気まぐれでしたが、まさか己の意志で去る日が来るとは思いませんでした」

居場所を失った自分を迎えてくれた人たちがいた。つい先ほどまで所属していたはずの組織が随分と遠い。辞めたのだと、ようやく実感がわいたのかもしれない。

「長くこの座に就いてはいますが、命を残したまま王宮を去る人間は初めてです。よく感情が読めないと言われますが、これでも結構驚いています」

国王が抱える直属護衛には代々王家に仕える者がいれば、行く当てのない者が集まることもある。ノアは後者だった。

「本当だよね。俺なんかを見逃してよかったの？」

簡単に抜けられる世界ではない。王宮から去ると宣言するからには相応の対価を覚悟していた。だからこそ彼らが平穏に見逃してくれたことが信じられない。王宮という機密事項を知った人間を簡単に見逃していいはずがないのだ。彼らの任務は粛清も含まれる。

「我が主にとって有害であれば処分していましたよ」

どうやら少なからず有益であると判断されているらしい。

「あの日、ローゼリア様はお前を見つけた」

「うん。見つけられた」

すんなりと受け入れることが出来たのは大人になったせいもある。けれど大半は、彼女を大切に想い始めているからだ。

「お前ときたら不貞腐れて。い、今思い出しても……」

声が震えていた。

「ボス、笑いに来たなら消えて」

ボスこそが最も笑い転げていた筆頭だ。そもそも彼らは感情を消す術にたけている。それをわざと嘲笑うのだから人が悪い。

「弟子との別れくらい惜しませなさい」

「はあ？　不吉なこと言わないでよ。せっかくエルレンテの景色を焼き付けていたのに、最後の思い出が嵐なんてごめんだ」

午後から広がり始めていた雲は消え、月明かりと星に彩られたエルレンテは美しい。

次はいつ帰ってこられるのか、本当に戻れるという保証もない。だからこそエルレンテを、彼女の愛した国を記憶しておきたかった。

夜ではなく朝がよかったとがらにもないことを考えた。夜の方が姿を隠すには適しているし活動しやすい。月光には好かれているが陽だまりには嫌われているというのに。けれど彼女は――ロゼは自分を太陽の下に連れ出した。

ロゼは真逆のように太陽に愛されている。自分とは違うのだと何度も見せつけられてきた。

「運命だったのかもしれませんね」

「え？」

まさか運命なんて言葉をボスの口から聞くことになるとは、いよいよ嵐の覚悟も必要か。

ノアは不確かなものに縋ったことはない。むしろ両親が帰ってこない運命を呪っていた。

けれど――

「そうだといいな」

運命がロゼと出会わせてくれたのなら感謝してもいい。

「おやおや、嬉しそうな声ですねぇ」

「ほら、冷やかす。だから嫌なんだ。早く持ち場に戻りなよ」

「そうですね。私も暇ではありませんから」

「じゃあどうして来たの？」

「言ったでしょう」

弟子との別れを惜しみに――最初にそう言っていたことを思い出すも未だに信じられない気持ちの方が大きい。

「ご武運を。いってらっしゃい」

投げかけられた言葉は照れくさいものだ。

「ロゼと同じことを言うんだね」

ロゼと同じ、それは嬉しいことのはずなのに……胸が苦しい。傍にいるはずが、次の瞬間には手の届かない存在だと突きつけられる。

俺が姪になればいいのか――

あまりに切羽詰まっていたこともある。ノアの方程式では好敵手、友達、姪（越えられない壁）

が成り立っていた。

血迷ったことを考えたが冷静に分析すればそれは違う。ロゼは姪に手を差し伸べるけれど、そうなりたいわけじゃない。手を差し伸べる側でありたかった。

ならばそれは兄のような？

いいや、それも違う。確かに自分は一つ年上だが、また何かが違うと引っかかる。

もっとずっと、いつまでもそばにいられるような——

それが伴侶なのだと、まわり巡って気付かされた。

もどかしいばかりの日々は積み重なり、これ以上傍にいて感情を抑えきれる自信がなかった。行動を起こすなら早い方がいい。未練に縋ったところで影は王女に触れられない。

王宮の人間を一掃し、ロゼを攫えば望みは叶う。けれどノアが選んだ行動は別れだった。

（俺は君の笑顔が見たい。だから俺は、大好きな君の元を去る）


夜明けは近い。随分な時間に眠りを妨げてしまったと彼女の明日を心配する。

未だベルローズを抜けてすらいないというのにロゼのことばかりだ。これから先、何度も後悔することになるだろう。ぐるぐると考え続けているがいつまでも立ち尽くしてはいられない。このまま離れられずにロゼと顔を合わせるなんて間抜けな展開は御免だ。

雲を吹き飛ばした風はノアの髪を弄ぶ。煩わしく払えば白いリボンに指先が触れ、一瞬揺れた表情を目敏く指摘された。

「ああ、そのリボン。確かローゼリア様からいただいたものでしたね」

「なっ――」

まさに同じことを思い出していた。

「どうして知っているのかという顔をして。お前、ローゼリア様と二人きりの時は私たちを寄らせまいと牽制していましたからね」

その通りだ。二人きりの時間に余計な邪魔が入るのも煩わしかった。

「俺が君の分もしてあげる、でしたか」

ノアは無言を貫いた。何もかも完璧に見られている。ロゼに集中していて周りが見えなかったなんて言い訳にならない。護衛は廃業して正解だったのかもしれない。

かつて鍛錬の終わりに伸びた髪を指摘されたことがあった。ロゼは身に着けていたリボンを外し、そのままノアに向けてあろうことか似合いそうと呟いたのだ。

続く言葉は決まって姪。リボンが似合うのはアイリーシャだからと語るロゼは姪に対して遠慮している節がある。もちろん似合わないと思い込んでいるのは本人だけだ。

最初は何を言っているのかと呆れておきながら嫌ではないと認めざるを得ない。この頃にはもう、ロゼは特別になっていた。あるいは最初から、特別な存在だったのかもしれない。

ロゼの存在はどんどん大きくなっていく。ただの王女のはずが、いつしか彼女の姿ばかり探してしまう。

ロゼはこの白い髪をさしてどこにいてもわかると言ってくれた。護衛としては失格のはずが、彼女が見つけてくれるのなら悪くないと思った。ロゼにとっては何気なく呟いた言葉でも、自身にとっては大きな意味を持つらしい。自ら進んでリボンを受け取り、ごく自然に髪を伸ばすことを決めていた。

「もう行く」

俺が君の分もしてあげる——

それはロゼすらも知り得ない、走り去る背に向けて伝えたものだ。まさか見られていたとは……。

「そうですか？　随分と長い旅立ちの儀式でしたね」

「うるさいよ」

「はいはい。ローゼリア様もお前が帰る日を待ち望んでいますよ」

「そうだね。そうだといいな……」

ロゼの名を挙げれば掌を返すと見通されている。我ながら単純な自覚もあるが、弄ばれているとわかっていながら我慢が利かないので困りものだ。

「私たちはエルレンテがある限りここに。いつでも帰っていらっしゃい」

くすぐったいのは風のせいではない。今度こそ、否定することなく受け取ろう。

「……行ってきます」

必ず戻るという誓いを胸に、白い影は故郷を立つ。

伝えられなかった想いを伝えるために。いつか望む未来のためにも——

エピローグ

何も知らなければ幸せでいられた。

たとえ行きつく先が滅亡だとしても、わたくしは静かな最期を迎えることが出来た。未来への不安におびえることはない。必要以上に知識を詰め込んで、まだ足りないと焦ることはない。走り回るなんてもってのほかで、ドレスの下に痣を隠すこともない。本来守られる立場にある人間が鍛練に励むこともなかった。

けれど何も知らなければ、彼と出会うこともなかった。

街へ行きたい――

貴方は突拍子もない願いを叶えてくれた。もっともらしい理由をつけて、対価を強請ることもなく同行してくれたわね。

巻き込むことを申し訳なく感じたけれど、貴方でなければいけなかったの。今ならはっきりと言い切ることが出来るわ。

約束の場所で、貴方は待っていてくれた。そこにいたのは未来の暗殺者とは思えないほどの、普通の少年。闇に紛れるための黒を捨て、街に溶け込めるよう振る舞ってくれた。

わたくしも重たいドレスを脱いで……恥ずかしくて内緒にしていたけれど、らしくもなく着る服に悩んでしまったのよ。

身分も地位も関係ない。それは選んだワンピースのように軽やかで、あの時間は現在もわたくしの宝物。

優しい貴方はあちこち目移りするわたくしに呆れながらも見放さずにいてくれたわね。

けれどはしゃぐのも仕方がないと思うのよ？

吹き抜ける風は花の香りを纏い早くと急かす。三角の屋根には木の扉。バルコニーには可愛らしい鉢植えが並び、彼らに見守られて歩く道には暖かみのある煉瓦。

御伽噺(おとぎばなし)でしか見たことのない景色が広がっていたの！

そして隣には貴方がいてくれた。なんでもない顔をしてわたくしを守ろうとしてくれる貴方が。

街の人たちは気さくで、少し市場を眺めただけでも笑顔が絶えなかった。その全てを目に収めたくて見晴らしのいい場所を探したわ。小高い丘は街を一望するのに最適ね。たったそれだけのことで、目の前にある平穏がどれほど尊いのか教えられた。

貴方が隣にいてくれたことも大切な一部。同じ景色を共有して、並んでアイスを食べて、この時間が永遠に続くことを願ったわ。

たくさんの人がすれ違うのに、流れる時間はどこまでも穏やか。これが祖国の魅力なのだと、幸せの中に身を置くわたくしが導き出す答えは必然だった。

わたくしが感じた素晴らしさ、楽しさ――溢れだすほどの幸せな気持ち。それはきっとエルレンテの魅力に触れた人の心に芽生えることでしょう。

もっとたくさんの人に知ってもらいたい。伝えられたらと考えるようになっていたわ。

そうしたら戦争なんてしている暇もないでしょう？

誰かの心に傷を残し、人々から笑顔を奪い、悲しみを生む未来なんて認めたくない。生まれるのなら笑顔の方がずっと素敵ですもの。

ほらね、貴方でなければいけなかったでしょう？

貴方のおかげで未来が拓けた。奇跡のような偶然の出会いが未来への希望をくれたのよ。

答えのない問いが不安で、誰かに背を押してほしかったのかもしれないわ。貴方が信じてくれたから、わたくしは今も前を向いていられる。自らの足で立ち、逃げ出さずにいられる。

いずれこの日々が終わることを知っているのだとしても……。

異世界で観光大使はじめました。 1

～転生先は主人公の叔母です～

*本作は「小説家になろう」（http://syosetu.com/）に掲載されていた作品を、大幅に加筆修正したものとなります。
*この作品はフィクションです。実在の人物・団体・事件・地名・名称等とは一切関係ありません。

2018年1月20日　第一刷発行

著者 …………………………………… 奏白いずも

イラスト …………………………………… mori
発行者 …………………………………… 辻 政英
発行所 …………………………………… 株式会社フロンティアワークス
〒170-0013　東京都豊島区東池袋3-22-17
東池袋セントラルプレイス5F
営業　TEL 03-5957-1030　FAX 03-5957-1533
アリアンローズ編集部公式サイト　http://arianrose.jp
編集 …………………………………… 望月 充・末廣聖深
フォーマットデザイン …………………………………… ウエダデザイン室
装丁デザイン …………………………………… ミズキシュン【+iNNOVAT!ON】
印刷所 …………………………………… シナノ書籍印刷株式会社